EL DOBLE JUEGO

—

EL PRINCIPIO

MÁSCARAS DE MUERTE, INTRIGA Y SECRETOS TRAS LA APARIENCIA PERFECTA

VERDADES OCULTAS ENTRE LAS PÁGINAS DE UNA APASIONANTE NOVELA NEGRA

JAVIER MISTERIO

EL DOBLE JUEGO - EL PRINCIPIO

MÁSCARAS DE MUERTE, INTRIGA Y SECRETOS TRAS LA APARIENCIA PERFECTA

Copyright ©2024 – Javier Misterio

Todos los derechos reservados

Sommario

La prisión de máxima seguridad 5

Una extraña sensación de sufrimiento 12

Tus pecados 16

El psicólogo 22

La cruda realidad de las cosas 29

Plan de acción 35

Un extraño encuentro 44

Pastelería francesa 48

El padre de Kathiuscia 60

Un testigo ocular 70

Clayre y Proctor 75

Un asunto confidencial 78

Adrian Hamilton 82

La marca de reconocimiento 86

En libertad condicional 93

Nuevas sensaciones 102

Un salto en la oscuridad 115

Paul Piontek 122

Epílogo 127

La prisión de máxima seguridad

¡BUM!

Un ruido repentino resonó en el aire. Antonia se sobresaltó, llevando instintivamente la mano hacia la pistola mientras giraba el cuerpo hacia el sonido.

"Relájate", rió James, que hacía poco se había convertido en el segundo marido de su madre. "¿Te dan miedo las tormentas eléctricas?". A menudo se burlaba de la chica, ya fuera imitando su reacción o imitando una pistola con el índice y el pulgar abiertos. Mientras tanto, los cristales de las ventanas repiqueteaban bajo el estruendo de los truenos; la lluvia, al amanecer, empezaba a golpear con un sonido ensordecedor.

Estaban cenando en la cocina, una gran estancia con muebles y electrodomésticos a lo largo de una pared, cómodos sofás grana a lo largo de la opuesta y una mesa ovalada de madera junto a la placa de cocción. La joven se levantó para mirar al exterior. Un relámpago surcaba el cielo, iluminando los lejanos rascacielos. La calle, tranquila entre las casitas de Queens, parecía desierta; los charcos se arremolinaban bajo las ráfagas de agua, mientras las frondosas ramas de los árboles chillaban al viento.

Antonia observó con atención la furia de la naturaleza; aquella tormenta le recordaba la violencia y el peligro que habían marcado su vida. Ahuyentó la melancolía; debía mantenerse fuerte y lúcida para hacer frente a las amenazas que se cernían sobre su familia.

Volvió a sentarse frente a su madre y James.

"¿Estaba ahí el lobo feroz?", se burló.

"Déjala en paz", le replicó su mujer. "Ella se preocupa por nosotros".

"Marianne, tu hija exagera. Nos obligó a instalar alarmas y medidas de seguridad, nos sigue vigilando, tuve que insistir en quitar a los hombres de escolta. Ya basta", frunció el ceño, golpeando la mesa con la palma de la mano. Tu ex marido se pudre en una celda de aislamiento, ¿qué podemos importarle? Lleváis veintidós años divorciados, ni se le pasa por la cabeza". Se volvió hacia Antonia. "En cualquier caso, ¿cómo iba a pegarnos desde una prisión de máxima seguridad?", extendió los brazos.

Sandrino Rossetti, el padre de Antonia y ex marido de Marianna, llevaba veintitrés años en la cárcel.

"Los miembros de la mafia nunca pierden su estatus. Era mucho más que un asesino a sueldo, y poseía habilidades poco comunes. Su mentalidad es retrógrada y distorsionada. ¿Has oído alguna vez que los presos den órdenes desde la cárcel?"

"Nuestras celdas de aislamiento son seguras. Ya basta, discúlpeme pero estoy harto de esta situación".

Ella le miró fijamente sin responder, deteniendo su mirada en su nariz aguileña y sus cejas cuidadas. James Kane, un hombre de carácter fuerte, mostraba una gran confianza. Excelente neurocirujano, le gustaba darse aires de padrino.

El aire aún olía a pimientos rellenos al horno cuando Marianne sirvió cuencos de cristal llenos de fresas en zumo de naranja dulce.

"Mamá, son demasiadas".

"No hagas un escándalo".

Más tarde le trajo una trufa de chocolate de la pastelería Saint Honorè.

"Estoy reventada", protestó la joven.

"Necesitas energía para atrapar a Lucifer", se divirtió James.

"¡Ese cabrón!", comentó Marianne. "Tortura atrozmente a esas pobres chicas. ¿Por qué Dios le deja vivir? ¿Por qué no lo elimina de esta tierra?".

"¿Dónde estás con la investigación?", preguntó James.

Antonia se había unido al grupo de trabajo creado un año antes para dar caza al asesino en serie, llamado Lucifer porque llevaba marcada en la base de la espalda la imagen de una serpiente de cascabel, el símbolo más sagrado del satanismo.

"Ningún progreso", golpeó con la cucharilla en el plato mientras mantenía la mirada perdida en el vacío.

"Quizá si te ocuparas de él en lugar de pensar siempre en nosotros, encontrarías alguna pista".

"Estás siendo una maleducada", frunció el ceño Marianne.

"Déjale hablar, mamá". Se volvió hacia James. "Lucifer no representa ningún peligro para ti, mi padre sí".

"Tonterías. Que sepas que a partir de esta noche ya no haré saltar las alarmas".

Sus ojos se encontraron, los de Antonia ardiendo.

"En ese caso me quedo a dormir".

"No. Siempre eres bienvenida y puedes quedarte todo el tiempo que quieras, pero no necesito una nodriza. Estoy armado, disparo bien y no me tiemblan las manos".

La joven evaluó que insistir sería contraproducente. Como experta psicóloga, interpretaba el lenguaje no verbal además del verbal; el tono y los gestos de James no dejaban lugar a dudas.

"¿Cuánto te cuesta poner las alarmas?".

"Anoche saltaron por un gato. La anterior por un pájaro. Y la anterior por no se sabe qué. Por la mañana tengo que estar en condiciones de operar, no puedo permitirme perder horas de sueño".

"Entonces volvamos a poner las guardias".

"¿Setecientos dólares por noche? ¿Por cuánto tiempo?"

Antonia consideró la pregunta. Sólo había una forma definitiva de resolverlo: matar a su propio padre. Junto con su hermano Giorgio, había estado luchando durante algún tiempo para idear un plan. Una tarea bastante difícil pero no imposible, sobre todo después de descubrir que uno de los guardias estaba sobrecargado de deudas de juego y tenía dificultades económicas; su comportamiento, además, distaba mucho de ser irreprochable. Podría haber sido sobornado.

"Deme tiempo para reorganizar las alarmas de modo que sólo suenen en el interior. Mañana le enviaré un técnico".

"Eso no tiene sentido. Supón que tu padre quiere pegarnos", movió un brazo hacia ella. "Podría hacerlo mientras estamos fuera, en cualquier momento. O usar francotiradores. Lo entendería más si tuviéramos que defendernos de Lucifer, que sólo actúa de noche, en la oscuridad, abalanzándose físicamente sobre sus víctimas."

Marianne se ajustó la camisa de rayas grises y crema. Suspiró antes de volverse hacia su hija.

"Anoche hubo un debate en la televisión sobre Lucifer. ¿Lo viste?".

Antonia admiró su sonrisa, muy dulce, le llegaba al corazón. Sus ojos color avellana estaban llenos de vida,

la mirada destilaba un flujo de amor. Una mujer fuerte, valiente, llena de gran humanidad.

"¿Estás encantada?", preguntó alegremente su madre.

"Perdona, me distraje un momento. No, no le he visto", negó con la cabeza.

"El abogado de Adrian Hamilton se negó, alegando que los juicios deben celebrarse en los tribunales y que el programa de entrevistas pisotea cínicamente la vida y el dolor de la gente. Su bufete quería emprender acciones legales contra el programa, pero Hamilton se opuso".

"Por supuesto", intervino el cirujano. "Hamilton quiere que se hable de él. Desgarra mujeres y aspira a convertirse en el mayor asesino en serie de todos los tiempos, el artista inmortal que crea cuadros con la carne de sus víctimas, el que se burla descaradamente de los mejores investigadores."

"Hamilton es inocente", replicó Marianna, golpeando la mesa con el tenedor.

"Estás apoyando a un sádico que tortura atrozmente a sus víctimas".

"Adrian Hamilton no es Lucifer".

James torció los labios en una mueca. "El criminólogo de ayer explicó claramente por qué Hamilton es Lucifer. Otros expertos también estuvieron de acuerdo con él".

"¿Expertos en qué? ¿Un periodista, un abogado y una actriz? ¿Dos profesores de historia del arte? Tutólogos hablando con el culo. Y, sin embargo, varios defendían a Hamilton con convicción".

Kane se desabrochó los botones de su chaqueta de cachemira y seda y se volvió hacia Antonia.

"¿Qué te parece?".

La joven, complacida por el carácter asertivo de su madre, no contestó de inmediato. Hamilton había sido juzgado y absuelto de los cinco primeros asesinatos. Durante su encarcelamiento, los asesinatos de Lucifer habían cesado; tras su liberación, otras mujeres habían sido asesinadas con el mismo modus operandi. El FBI, ante tan atroces asesinatos y el creciente clamor de la opinión pública, había creado un equipo para resolver el caso. La investigación, a pesar del veredicto del jurado, también apuntaba a Hamilton por los nuevos crímenes.

"Adrian Hamilton no es Lucifer", afirmó en tono firme.

"Su jefe, el famoso Nicolas Bridgestone, cree que sí lo es".

"Las pistas le acusan, pero no es culpable".

"¿Pistas?", se rió, mostrando unos dientes ligeramente desiguales. "¿Llamas pistas a una avalancha de pruebas irrefutables?".

"Alguien quiere inculparle".

"¿Cómo puedes saberlo?", se inclinó hacia ella con una media sonrisa de burla.

"He estudiado el caso a fondo. El perfil del asesino no coincide con el de Hamilton".

"Entonces, ¿por qué Bridgestone, cuya habilidad es incuestionable, le señala con el dedo?".

Antonia sacudió la cabeza, su larga melena castaña se agitó. Había sido testigo de uno de los inhumanos asesinatos cometidos por Lucifer, un horror que no pocas veces volvía para atormentarla. Sin embargo, había sido incapaz de hablar de ello, habría comprometido su propia credibilidad sin ninguna posibilidad de aflojar su control sobre Hamilton.

"Bridgestone está obsesionada con este circuito", respondió con picardía.

"El resto del equipo piensa lo mismo".

La joven puso las manos sobre la silla de peluche y apretó sus bordes.

Aparte de su hermano Giorgio, nadie sabía que era vidente. Poseía el don de las visiones, que en circunstancias especiales le mostraban hechos relevantes. La última era de un par de años antes, cuando Hamilton había sido arrestado. Lucifer se le había aparecido mientras abría el vientre de la mujer de Hamilton, cogía las entrañas y se las metía vivas por la garganta. Un escalofrío la recorrió al recordarlo; roja, sintió gotas de sudor que le resbalaban por la frente. Lucifer poseía una complexión más fornida que la de Hamilton, hombros anchos y brazos con músculos levantados. Por alguna razón, había sido incapaz de visualizar su rostro. Estos destellos paranormales, que habían comenzado cuando era una niña, siempre habían resultado precisos.

"Las circunstancias y las pruebas falsas acusan a un inocente".

"Podrías estar equivocado", observó Kane. "¿O cree que es infalible?".

"Un paciente suyo fue curado por Hamilton".

"Lo confirmo. Parece que Hamilton poseía realmente poderes taumatúrgicos, y me cuesta mucho tener que admitir algo que va más allá de la ciencia. Creo que convencía a la gente de sus habilidades mágicas, induciendo un efecto placebo más eficaz que la medicina. Quizá esta capacidad de influir en la gente le ha creado un delirio de omnipotencia, convirtiéndole en un maníaco homicida que disfruta infligiendo malos tratos. Siempre elige mujeres jóvenes y hermosas, pero no las viola porque obtiene placer de la tortura, de dominarlas, y no del sexo".

"Además de cirujano es usted psicólogo", ironizó Antonia. "Analicé su infancia y su vida antes de la muerte de su mujer; es una persona normal, como muchas. Uno no se convierte en asesino en serie de la noche a la mañana".

Marianne se arregló un mechón de rizos.

Hamilton es una persona decente -afirmó con firmeza.

Su marido insinuó una sonrisa socarrona.

"También guapo y encantador".

"¿Celoso?", rió ella.

"Entre sus defensores hay muchas mujeres. ¿Cómo se explica eso?"

"La sensibilidad es nuestro fuerte. Nos fijamos en cada detalle. Observa la mirada de Hamilton, su expresión amable. Muestra amor por su esposa".

"Incluso su dinero."

"James, tus hombres están calibrados."

"Gracias", inclinó la cabeza, lanzándole una mirada de fingida ofensa.

"Querida, Hamilton tenía un éxito notable en sus negocios, y sin duda el hecho de que su mujer fuera una Carlsberg le abriría muchas puertas. Pero no podemos excluir la posibilidad de que, a pesar de todas estas ventajas materiales, la razón de su comportamiento pudiera estar relacionada con algo más profundo, algo más allá del dinero y el prestigio social. Puede que le movieran emociones, deseos o complejos que no pueden satisfacerse sólo con el éxito externo."

"Sabes muy bien que existen mentes enfermas y pervertidas. Exactamente como la de tu ex marido".

Una extraña sensación de sufrimiento

Antonia regresó a su piso de Manhattan poco después de las once de la noche.

La tormenta de finales de abril había cesado, abriendo una grieta en el cielo por la que se asomaba la luna. Al entrar, sintió una sensación de soledad; desde que su madre ya no vivía con ella, la casa parecía distinta, impregnada de un vacío silencioso.

Dejó el arma y la placa junto a la cama, se desnudó y se puso el pijama de algodón que guardaba bajo la almohada, un traje con una camiseta blanca decorada con bordes azules. Sintiéndose cansada, decidió renunciar a la ducha y se dejó caer sobre el colchón. Luchó por concentrarse, intentando tener una visión, primero de su padre y luego de su madre.

Nada.

Se desesperó por conseguir algo más. Después de haber tenido una visión del rostro oculto de Lucifer, ni siquiera había habido un leve destello de imagen. Se sintió inquieta, como ante la inminencia de un drama. Imágenes de su propia vida pasaron por su mente.

Se vio a sí misma de niña jugando con su abuelo, buscando las piedras de colores a la orilla del mar. Lo habían asesinado. Se mordió el labio pensando en la violencia que sufrió tras su muerte.

La huida, la lucha por construir una nueva vida, el amor finalmente encontrado. Un amor que su padre le había arrebatado de la forma más cruel posible. Se estremeció.

Le odiaba.

No le había visto desde los doce años, pero su presencia se cernía amenazadora.

A Sandrino Rossetti le gustaba atrapar a la gente. Tarde o temprano, ese animal atacaría a Marianna para reafirmar su poder. Ella estaba segura de ello.

La joven golpeó la cama con el puño. Tenía que impedirlo.

Llamó a su hermano utilizando un teléfono móvil encriptado.

"Démonos prisa y matemos a ese imbécil".

"Tenemos un problema", respondió Giorgio. "Hoy han detenido a nuestro carcelero, tenemos que inventarnos otra cosa".

"¡Lo que nos faltaba!", tiró una almohada al suelo. "¿Qué ha hecho?"

"La mujer se enteró de la hipoteca de la casa. La discusión fue a más y le dio una paliza".

"¡Qué cabrón!"

"Sí."

"¿Y? ¿Cómo procedemos?"

"Revisé las vidas de los otros guardias. Uno de ellos tiene dos hijos de cinco y siete años. Podríamos secuestrarlos y usarlos para chantajear a su padre sin que nadie se entere. Un trabajo limpio, todo estaría hecho en unas horas. Los padres cooperarán sin chivarse".

"Giorgio, ¿estás loco? Somos agentes del FBI, no criminales".

"Sería un montaje, nunca tocaríamos a los mocosos".

"Estás loco."

"¿Prefieres arriesgarte a que esa bestia incube algo contra mamá?", el tono se volvió áspero. "Si podemos matar, podemos secuestrar".

"Defensa propia es diferente a amenazar a dos niños", echó humo.

"No veo otra manera. Esa cárcel tiene demasiadas medidas de seguridad".

"Tenemos dos cabezas, usémoslas", interrumpió la llamada bruscamente.

La sangre le hervía en el cuerpo. Secuestrar a dos niños. Giorgio, uno de los pocos buenos que conocía.

El mal, reflexionó, empuja al mal. Infecta como un virus, con un tiempo de incubación variable. Genera una espiral de dolor y provoca reacciones violentas.

Dio varias vueltas en la cama, cambió de almohada, pero no pudo soltarse.

Llamó a su madre.

"Antonia, hemos roto hace una hora", la oyó reír, "el coco no me pilla. No te preocupes, James incluso preparó la pistola, sólo para hacerte feliz".

"Quería escucharte, tu voz es un bálsamo para mí".

"Basta ya de tanto apego. Búscate un novio", se rió.

Habían vivido juntas hasta hacía un par de meses, hasta el día en que Marianne se volvió a casar. Antonia mantenía las distancias con los hombres. La madre, a pesar de los dramas que había vivido su hija, creía que el amor, la savia Verlengia de la existencia, podía ayudarla a ser feliz.

"Te echo de menos".

"Ven a cenar mañana, Giorgio estará allí".

"Me gustaría cocinar. ¿Qué tal si comemos en mi casa?", propuso Antonia.

"¿A qué viene tanto alboroto? Te espero, haré albóndigas de berenjena".

A Antonia le encantaron. Pulpa de berenjena, queso parmesano, pan rallado, queso fibroso. Un placer para el paladar, irresistible.

"¡No vale cogerme por el cuello!", se rindió, sonriendo.

Una hora más tarde, la joven seguía despierta.

Encendió la lámpara de la mesilla de noche, dejando que su mirada recorriera la habitación.

Del techo colgaba un candelabro en forma de campana de tela de marfil; un objeto sencillo pero hermoso. Se detuvo unos instantes en los flecos que adornaban el borde; cinco años antes, mientras observaba sus curvas, había visto a un niño coger el M4 de su padre e intuido su intención de dispararle al día siguiente en el colegio. Lo había esperado frente a la puerta del edificio, neutralizándolo con sus propias manos a pesar de que el joven era más alto y robusto que ella; el fusil de asalto, oculto en una larga bolsa, se habría cobrado decenas de víctimas.

Frente a la cama estaba el armario, las puertas cubiertas de una tela clara adornada con inflorescencias de color verde salvia, dorado y carmesí.

Ella y su madre habían visitado varias tiendas antes de elegirlo. A la izquierda había un espejo y una ventana con una cortina que llegaba hasta el suelo.

A la derecha estaba la puerta y la cómoda con el televisor inteligente de cuarenta pulgadas.

Acarició la parte vacía de la cama, donde antes dormía su madre. No podía calmarse, su mente estaba llena de recuerdos y del temor de que algo terrible pudiera ocurrirle a su madre.

Cogió el móvil, con la esperanza de distraer su mente leyendo alguna noticia.

Un toque accidental activó la cámara, que encuadró su rostro.

Observó las mejillas llenas, la piel tersa y los labios bien definidos.

Cerró los ojos un momento.

Tenía belleza y salud, un trabajo que le gustaba y una madre a la que adoraba. Pero le faltaba el amor de un hombre.

Y la sombra ominosa de su padre se cernía tenebrosa.

Tus pecados

Marianne se acostó serenamente después de hacer el amor con James.

En su mente, estaba inmersa en un mar azul, caldeado por el sol, tranquilo y transparente, con gaviotas revoloteando sobre ella, un promontorio rocoso a lo lejos, a la derecha, y un grupo de barcos amarrados al otro lado.

Sin embargo, la despertó algo que la perturbó. Abrió los ojos, cegada por la luz de la lámpara de araña, y se volvió hacia la mesilla de noche: el despertador marcaba las tres de la mañana.

Su corazón empezó a latir con fuerza contra su pecho, su respiración se agitó.

Intentó gritar, pero la cinta adhesiva que le tapaba la boca convirtió sus sonidos en gemidos ahogados.

Con todas sus fuerzas, esperaba que sólo fuera una pesadilla. El tintineo de las esposas contra el latón de la cama y el dolor en las muñecas la hicieron abandonar esa ilusión. James, de pie frente a ella, la miraba con los ojos dilatados por el horror.

Gotas de sudor surcaban su frente; su mirada salvaje y el temblor de su cuerpo presagiaban lo peor.

Había otros cuatro hombres en la habitación, con los rostros ocultos por máscaras de calavera.

Uno de ellos, robusto y ancho de hombros, se acercó a ella y la examinó en silencio.

Ella, con el corazón acelerado, le sostuvo la mirada. Se dio cuenta de que los ojos tras la máscara eran de un marrón diferente. Centrando su atención en el iris derecho, divisó la zona oscura de la parte inferior. Su pecho volvió a retumbar: aquellos ojos pertenecían a su hijo. Analizó la complexión: hombros bien plantados, brazos poderosos y musculosos, pelvis estrecha. Los movimientos también coincidían. Al igual que el pelo negro, rizado y largo. Ella movió la boca para hacerle saber que deseaba hablar.

"Quitaré la cinta, pero no grites; los gritos me molestan. ¿Nos entendemos?"

La voz llegó distorsionada por algún aparato. Ella asintió, mientras gotas de llanto le resbalaban por la cara.

El hombre apartó el rectángulo gris con un gesto brusco, utilizando la mano izquierda. Riccardo era zurdo.

Marianne jadeó de dolor. En su boca llegó el sabor amargo de las lágrimas. Hacía trece años que no veía a su hijo mayor y, sin embargo, lo recordaba todo de él.

"¿Ricardo? ¿Qué quieres hacer?"

"Has deshonrado al padre de tus hijos".

Un temblor cada vez mayor se agitó en sus entrañas; Sandrino Rossetti, el hombre con el que se había casado a los dieciséis años creyendo que estaba enamorada de él, había ordenado una expedición punitiva.

"Riccardo, te lo ruego, soy tu madre".

"El matrimonio es sagrado".

"Me divorciaré de James", propuso ella, tartamudeando.

"La mujer de un hombre honorable le pertenece, es cosa suya, para siempre, para lo bueno y para lo malo". El tono destilaba ferocidad y desprecio.

"Richard, yo te di a luz", las lágrimas goteaban copiosamente mientras ella sollozaba. "Te quiero", rompió a llorar.

"Tus hijos preferidos son Antonia y Giorgio. Serán los siguientes".

La mujer se puso rígida.

"Ellos no tienen la culpa", argumentó en tono firme, tensando los músculos.

"¿Ven cómo se calientan? Al convertirse en policías han avergonzado a la familia. El castigo será terrible".

"Entonces golpéame, pero deja en paz a tus hermanos", apretó los dientes, sudando.

Sin responder, Richard alargó la mano para coger un rollo gris; arrancó una tira de adhesivo y se la pegó violentamente sobre la boca. Luego extrajo un taladro de una bolsa que había en el suelo e hizo dos agujeros en la pared blanca situada frente a la cama, junto a la cómoda lacada en marfil, en la zona que hacía esquina con el espejo de pared. Introdujo tacos de plástico en los agujeros.

El chirrido del taladro golpeó a Marianne como una corriente helada, helándole la sangre. El ruido recordó al del taladro en el que Sandrino, veintitrés años antes, había montado una cuchilla circular con la intención de rebanarle trozos de los dedos. Pensó que Riccardo había asimilado mucho de su padre.

Dos hombres enérgicos empujaron a Kane, forzándolo de espaldas a la pared mientras le separaban los brazos.

Richard le presionó la frente con el dedo índice enguantado.

"Sabías de quién era mujer".

bramó el hombre, sacudiendo la cabeza, con terror en sus ojos dilatados.

"Una doctora. El famoso profesor Kane. Hijo de nada, medio hombre, ¿crees que eres mejor que Sandrino Rossetti porque eres médico? ¿Eh? ¿Eh? Joder, ni siquiera eres digno de lamerle las pelotas, gilipollas".

James se estremeció, su pecho se convulsionó, su respiración se bloqueó.

La mente de Marianne daba vueltas. James, descalzo sobre las baldosas ornamentadas, en su pijama azul, parecía una ramita en las garras de un huracán. La mujer apartó la mirada, posándola en la estatuilla de la Virgen de la mesilla de noche; suplicó a la Virgen que les ayudara. Otro gemido desesperado atravesó su carne. Se agitó, haciendo todo el ruido que pudo, golpeando las esposas contra el latón y los talones contra el colchón.

Uno de ellos, que recibió un gesto de asentimiento del líder, la tiró del pelo y la abofeteó dos veces.

"Si vuelves a intentarlo", gruñó Riccardo quedándose donde estaba, "te serrucharé las manos. Cálmate y espera tu turno", insinuó en tono amenazador. "Ahora disfruta del espectáculo y piensa".

Tanteó con algunos objetos de su bolso. Luego, mientras sus cómplices sujetaban a Kane, empujó con fuerza un pequeño cuadrado de metal, taladrado en el centro, contra una de las palmas del médico; utilizando el taladro como destornillador, perforó la carne con un tornillo, que alojó en una de las espigas de la pared, de modo que la mano quedó sujeta por la placa. La sangre empezó a supurar.

James se retorció de dolor, emitiendo prolongados gemidos.

Richard le dio un puñetazo en la cara y su cabeza golpeó contra la pared lisa. Le clavó la otra mano del mismo modo.

Los gritos del cirujano se amortiguaron contra la cinta.

Richard cogió un martillo pesado y clavos largos, clavando varios en cada mano alrededor de las placas, indiferente a los retorcimientos y gemidos desesperados. Luego se bajó los pantalones del pijama, frotando con suficiencia la punta del tornillo contra sus genitales.

"¡Ya te los destrozaré luego!".

Señaló a los demás. Los hombres quitaron las esposas a la mujer, la pusieron boca abajo y la inmovilizaron en esa posición. Riccardo se acercó, mostrándole un bisturí con el que sin prisas produjo largos cortes en la almohada, cerca de los ojos de su madre, como anticipando lo que pensaba hacerle.

Marianne no pudo contener su temblor, que era cada vez más fuerte. Oyó el siseo de un spray y fue golpeada por un olor acre mientras sentía un intenso escalofrío en la espalda. Imaginó, teniendo en cuenta las explicaciones de su marido, que servía para inducir la vasoconstricción con el fin de reducir la hemorragia. Jadeó, con el pulso acelerado. ¿Qué pretendía hacerle?

"No te mataré", la voz mecánica de su hijo le encogió la piel. "Tendrás que sufrir y servir a tus pecados de por vida, la ley de Dios y de los hombres de honor sólo admite un marido".

La mujer frotó la boca contra la sábana para desprender la cinta y hablar, sin conseguirlo. Luchó por girar el torso, pero los hombres la apretaron contra el colchón.

Un dolor desgarrador en la espalda la desgarró con sus gritos ahogados.

Cuando la giraron para que pudiera ver a James, la parte inferior de su cuerpo se había entumecido; el rojo de la sangre se extendía por la sábana.

"Te ofrezco una opción", el tono de Richard sonaba grave. "Le sacaré los ojos o le romperé la polla. Señala con un dedo la primera opción, con dos la segunda. Si no lo haces, le clavaré clavos hasta que te decidas".

Sin escapatoria, sintió que se le cortaba la respiración. Volvió a verse joven, enamorada; se había casado con un monstruo y había engendrado otro monstruo. La habitación giraba a su alrededor, deseaba morir.

"Tienes cinco segundos para decidir. Uno, dos, tres, cuatro..."

Marianne no pudo soportar más. Su visión se nubló, todo desapareció.

Cuando recobró el conocimiento, Richard y los demás habían desaparecido.

La sangre goteaba de las manos de James, su rostro se contorsionaba en una expresión horrible, pero sus ojos y genitales estaban intactos.

No estaba atada. Soportando el creciente dolor en la espalda, se quitó el adhesivo de la boca.

"James", jadeó, "¿se han ido?".

Él, con el rostro transfigurado y la boca sellada por la cinta, asintió.

Marianne consideró inútil gritar, mejor conservar la energía que le quedaba.

Comprendió por qué los habían dejado en aquel estado. James tendría que cortarse las manos para liberarlos, o morir con ella en una agonía interminable.

Pensó en su hija. Llamaba todos los días; tarde o temprano sospecharía, pero demasiado tarde.

Si quería sobrevivir a aquella agonía tenía que valerse por sí misma.

"James, quédate tranquilo, ya se me ocurrirá algo", le temblaba la voz mientras la respiración se le agitaba en el pecho.

Por la noche, después de apagarlo, Marianne colocó el móvil sobre la cómoda que había frente a la cama.

"Mira a ver si mi smartphone está ahí", señaló con un brazo tembloroso hacia el mueble.

Giró la cabeza lentamente, buscando con la mirada. Lo confirmó.

Marianne no controlaba las piernas, pero podía mover los brazos y el torso. Impulsándose con las manos, consiguió arrastrarse hasta el otro borde del colchón, del lado donde dormía James. Un trayecto más largo, necesario para lo que tenía en mente. Con un último esfuerzo, bajó con el torso y se movió lentamente para reducir el impacto de la pelvis y las piernas contra las baldosas. El dolor de espalda la atormentaba, apretó los dientes decidida a ignorarlo. Recuperó el aliento antes de echar la silla hacia atrás para coger los pantalones de James; se quitó el cinturón y deslizó el extremo en la hebilla, formando un lazo.

Su mirada recorrió la habitación. Más a la derecha estaba la puerta; faltaba la llave, imaginó que los habían encerrado.

Sintió que las fuerzas le flaqueaban, pero se obligó a resistir a toda costa. Antonia no soportaría el trauma de su muerte. Respirando agitadamente, esforzándose y soportando el dolor, se acercó poco a poco a la cómoda. Comunicándose con su marido mediante gestos con la cabeza, localizó el lugar adecuado.

Hicieron falta varios intentos, con la ayuda de James, antes de que el lazo atrapara el teléfono móvil.

Reprimió su deseo de llamar a su hija; quería evitarle la angustia de aquella escena, el dolor era demasiado grande. Sabía que George, con su naturaleza impulsiva, reaccionaría con extrema violencia.

Cogió el teléfono y marcó el número de emergencias.

El psicólogo

Las ambulancias no tardaron en llegar; los paramédicos avisaron a urgencias mientras daban el alta a James y cargaban a la pareja en camillas.

Gracias a las conexiones de Kane, él y su esposa fueron puestos al cuidado de los mejores especialistas. Dada la implicación del hampa organizada, el caso pasó a manos de los federales. Giorgio y Antonia Rossetti, hábiles agentes del FBI, fueron excluidos de la investigación por ser familiares de las víctimas.

Sandrino Rossetti, interrogado en la prisión donde cumplía seis cadenas perpetuas, respondió tranquilamente a las preguntas negando toda implicación. Riccardo Rossetti se presentó espontáneamente. Tenía una coartada sólida, confirmada por varios testigos. Sus abogados impugnaron el reconocimiento hecho por su madre a través de una máscara, sobre todo en condiciones tan extremas.

Subrayaron que el pelo negro rizado no era un rasgo distintivo único, como tampoco lo era su longitud. También señalaron que ser zurdo no era un rasgo único, citando ejemplos como Obama y Bill Clinton.

Las declaraciones del agresor, con voz alterada, no constituyeron una prueba concluyente de su identidad. Los investigadores se vieron obligados a dejarle marchar.

El equipo forense registró la casa de Marianne y James en busca de pistas, sin encontrar nada útil. Se examinaron las grabaciones de las cámaras de un radio de ocho kilómetros: nada.

Los investigadores estaban decididos a no rendirse: estos criminales habían golpeado a la madre de dos colegas y a una prestigiosa cirujana. Sin embargo, incluso conociendo al instigador y al autor, parecía difícil obtener resultados concretos. Riccardo Rossetti, al igual que su padre, trabajaba para la poderosa familia mafiosa de los Verlengia; además de estar bien organizados y ser peligrosos, los Verlengia tenían altas conexiones políticas y diversos tipos de tapadera, incluso dentro de la policía.

El mayor obstáculo para una acción contundente era Antonello Verlengia, el jefe de la rama neoyorquina. Antonello actuaba de forma diferente a la antigua mafia. Se presentaba ante la sociedad como un brillante hombre de negocios y un bienhechor. Acusado en dos ocasiones, siempre había sido absuelto; afirmaba ser perseguido a causa de su nombre por fiscales y agentes que buscaban notoriedad. Su organización parecía invisible, dividida en grupos camuflados como camaleones. El FBI llevaba años intentando inculparle, sin éxito.

Antonia y su hermano tuvieron que insistir en rechazar la escolta y otras formas de protección.

Sin vigilancia, habrían podido actuar libremente.

Antonia, licenciada en psicología, estaba considerada la mejor perfiladora del FBI. Con sólo treinta y cinco años, trabajaba, aunque desde hacía poco, en el grupo de élite que cazaba a Lucifer.

La relación con su madre era íntima y profunda. Siempre le confiaba todo, incluso los pequeños hechos cotidianos. Sólo tres cosas le ocultaba, para no disgustarla: las visiones, lo que su padre le había hecho una noche y su intención de matarlo.

Una semana después del atentado, Antonia, que pasaba los días en el hospital, fue convocada por el equipo médico. Giorgio, ocupado en una importante investigación, no estaba presente.

La joven, con la respiración convulsa, llamó a la habitación número diecisiete, en un ala descentrada de la planta baja. La habitación era pequeña y olía a desinfectante. A la izquierda había un armario de cristal con cajas de medicamentos y otros materiales. Antonia reconoció a los dos médicos que seguían de cerca a su madre. Tomó asiento en una silla de plástico.

El neurocirujano, un hombre de unos cincuenta años, delgado y de rostro curtido, le explicó la situación.

"Señora Rossetti, el agresor ha seccionado irreparablemente los nervios motores. Sabía muy bien cómo realizar... la operación. Desgraciadamente, su madre quedará paralítica de las piernas".

Ella, con un doloroso nudo en la garganta y la respiración agitada, hizo una serie de preguntas sobre la posibilidad de utilizar métodos experimentales para reconstruir los nervios, otros aspectos del tratamiento y las perspectivas. El médico reiteró el punto: no había forma de reparar las lesiones.

La joven salió de la habitación con el estómago de granito; recorrió unos cuantos pasillos para alejarse, se fijó en un banco de una zona poco transitada del hospital y se derrumbó allí, prorrumpiendo en sollozos cada vez más fuertes, hasta que el llanto se convirtió en gritos desesperados.

De una puerta salió un médico.

"¿Puedo ayudarla?", le propuso con expresión preocupada.

Ella negó con la cabeza, rechazando repetidamente la oferta.

Respirando con dificultad, nuevos gritos de llanto la sacudieron. Quería a su madre más que a sí misma, no estaba bien lo que le habían hecho.

El médico de antes y otros le preguntaron insistentemente si podían hacer algo; ella, aunque desgarrada por el dolor e incapaz de dejar de llorar, siguió negándose con la cabeza.

Se dio la vuelta, sacudida por los sollozos; esperó a que la agonía le permitiera hablar antes de telefonear a su hermano.

Giorgio también rompió a llorar.

Tardó un par de horas en recuperar el control de sus emociones. No podía comer ni beber.

En cuanto estuvo lista, subió a la tercera planta, donde estaba la sala de su madre. Caminó por el pasillo con pasos lentos y forzados, pasando por delante de habitaciones con las puertas abiertas y pacientes postrados en cama, imágenes de las muchas desgracias de la vida.

"¿Me pondré mejor?", preguntó Marianne.

"Están evaluando la situación", mintió.

"¿Cómo ha podido hacerme esto mi hijo?".

"Papá le envió", apretó los dientes.

"Podía haberse negado".

Antonia se esforzó por comprenderla. A pesar de todo, su madre quería a Riccardo. Pensó en lo desproporcionado que podía ser su apego a sus hijos.

"Riccardo es como él", respondió, reprimiendo el sentimiento de remordimiento por no haber intentado justificar a su hermano a los ojos de su madre.

Marianna lloró en silencio.

La hija sintió que su corazón se derrumbaba.

Después de cenar, al caer la noche, Antonia y su hermano se reunieron en casa de éste para discutir la situación.

Giorgio vivía en el tercer piso de un edificio de ladrillo rojo sin balcón. Los robustos árboles de la acera llegaban hasta la altura de la ventana. Frente a la puerta principal, los carteles de un restaurante chino iluminaban la zona con colores exóticos.

Se sentaron abatidos en el sofá de la península, hundidos en un abismo de dolor.

"¿Quieres un café?", le preguntó él.

La joven, morena de rostro, negó con la cabeza.

Él, dos años menor que su hermana, la superaba en estatura por un palmo.

"Antonia, no soporto verte así".

"Es culpa mía", se desesperó ella. "Hace tiempo debería haber matado a nuestro padre, pasara lo que pasara. Sabía que se vengaría".

"¿Vengarme de qué?", alzó la voz. "Llevan divorciados desde siempre, por no hablar de lo que nos hizo cuando éramos niños. Además, ¡honor mi culo! En las asociaciones mafiosas uno tiene que rendir respeto a su mujer, y él no lo hizo en su momento. Peor aún, violó el código moral de la peor manera, contra su propia carne y sangre", señaló a su hermana antes de apretar las mandíbulas y plantar un puño en el reposabrazos.

"El código moral es una mierda", soltó la joven. "No pueden engañar a sus esposas, pero matan y torturan a mujeres y niños. En cualquier caso, Carmelo Verlengia, cuando tomó el control de Chicago, antoniacquedó ese código, imponiendo las normas que garantizaban la seguridad del clan pero ignorando los asuntos internos de las familias de los asociados. Y su hijo Antonello, aquí en Nueva York, es aún peor".

"Toda la moral de este mundo es una mierda", comentó el hermano, arrugando las cejas. "Imponen dictados desde fuera sin tener en cuenta las necesidades del individuo, su condición emocional y social y sus posibles diferencias".

Guardó silencio, ausentándose unos instantes con la mente. Se necesitaban acciones concretas, no palabras inútiles.

Giorgio sirvió dos dedos de whisky Michter's en el vaso con hielo.

A Antonia le gustó, sintió que lo necesitaba. Se llevó un sorbo a los labios, dejando que el sabor suave e intenso recorriera su lengua y su paladar.

Se volvió hacia su hermano.

"Nuestro padre es un loco bastardo, nunca nos dejará en paz. Debemos eliminarlo cuanto antes, antes de que su cabeza enferma dé a luz a más monstruosidades".

Asintió, los músculos de su cara tensos como arcos listos para disparar flechas venenosas.

"Atraparlo en una prisión de máxima seguridad no es fácil. Nos vendría bien una de tus visiones".

Hacía días que Antonia se esforzaba por conseguir una, en vano. Un intento desesperado, dictado por la rabia y el dolor que la quemaban por dentro. Prefería no admitirlo, adormeciéndose en la ilusión de que aquella habilidad resurgiría, pero en su interior era consciente de que la había perdido para siempre. La visión que precedió a la de Lucifer tenía cuatro años; le había revelado el lugar donde estaba retenida la niña secuestrada por un maníaco. Se lo había comunicado a su hermano, que actuando solo había conseguido matar al maníaco justo a tiempo. Giorgio explicó que se había basado en pistas e instinto; recibió una mención de honor por haber salvado a la niña. Este éxito había contribuido a ponerle en el candelero y le había ayudado a avanzar en su carrera.

"No creo que tenga más", admitió Antonia en tono abatido.

Su hermano le acarició la mejilla, sonriendo dulcemente.

"Eres buena en tu trabajo, puedes prescindir de él".

Ella le besó los dedos.

"Tengo suerte de tenerte".

Giorgio bebió otro sorbo de whisky.

"Tenemos que matarlos a los dos".

"Sí. ¿Pero cómo?"

"Estoy en ello".

"Riccardo es un sicario de Antonello Verlengia. Si lo eliminamos, Verlengia podría vengarse", observó su hermana.

"Por su cuenta y riesgo. Hace ocho años desistió".

A Antonia le recorrió un escalofrío al recordarlo.

"Sólo podríamos matar a papá".

"No le llames papá", se puso en pie bruscamente. "No es más que un miserable cobarde, un individuo despreciable. Además, después de lo ocurrido, Ricardo se daría cuenta de quién lo hizo y nos daría caza".

"No somos presas fáciles", Antonia le miró fijamente a los ojos oscuros.

"Puede golpearnos en las amistades, en los afectos. Cuando menos lo esperamos. Los dos tienen que irse".

Antonia reflexionó, con los párpados entrecerrados y los dedos atormentando sus rizos.

"¿Y si matamos a Riccardo? Es un blanco conveniente para nosotros".

"El muy cabrón exigiría venganza a Verlengia", objetó Giorgio.

"Eso podría completar el trabajo. Papá conoce secretos que nunca ha revelado; utilizará este argumento para empujar a Verlengia a golpearnos, y no le hará ninguna gracia."

Giorgio sacudió la cabeza mientras se frotaba con el dorso de los dedos la barba de un par de días.

"El muy cabrón es un calculador previsor y vengativo. Si aún conserva este poder después de tanto tiempo, debe de haber una razón muy concreta. Con la ayuda de Riccardo, habrá preparado un dossier con pruebas contra los Verlengia; si muere por causas no naturales que puedan ser rastreadas hasta los Verlengia, saldrá a la luz. Antonello Verlengia lo conoce bien y no se arriesgará, le importa demasiado su imagen pública'.

"¿Si exterminamos a los Verlengia primero?"

"¿Somos los hermanos Rambo?", sonrió.

"¿Y?"

"Sólo mataremos a Riccardo y a su padre. Dame algo de tiempo, ya se nos ocurrirá algo. Tenemos un amigo en la CIA, creo que puede ayudarnos".

Ella comprendió inmediatamente a quién se refería. Seguramente estaba pensando en el padre de aquella niña secuestrada y luego rescatada por su hermano gracias a la visión.

"¿Hablaste con él?"

"Sí, planteando la cuestión hipotéticamente. Insinuó que nos conseguirá lo que necesitamos".

Antonia extendió la mano para coger la de Giorgio. La estrechó con fuerza mientras le hacía una promesa.

"Entiendo lo importante que es para ti nuestra seguridad. No te preocupes, siempre pensaré primero en nuestro bienestar. Si hay algo que necesites o si tienes cualquier otra preocupación, estoy aquí para ti".

La cruda realidad de las cosas

Tras recibir el alta hospitalaria, Marianne empezó a utilizar una silla de ruedas, con el apoyo de un fisioterapeuta para ejercicios musculares. La vida sin el uso de sus piernas se hizo difícil, triste y difícil de aceptar. Lloraba en secreto. A los cincuenta y cinco años, sentía que su existencia se había roto; se sentía inútil y obligada a depender de los demás. Ya no podía caminar, pasear por la hierba entre las flores o por las calles llenas de vida.

Sin embargo, sentía la necesidad de mantenerse fuerte por Antonia y Giorgio. Intentó consolarse pensando que podría seguir escribiendo, sumergiéndose en las historias y emociones de los personajes que inventaba. También podría plantearse comprarse una silla de ruedas eléctrica para lograr una mayor autonomía. Le encantaba leer, ver la televisión y cocinar, un arte que aprendió de su madre; con un poco de ayuda, seguiría preparando los platos asociados a sus muchos recuerdos. Por encima de todo, apreciaba el afecto de sus hijos y su marido, así como la intimidad con algunos amigos. Sin embargo, sabía que había situaciones mucho peores que la suya.

Kane había sufrido cuatro operaciones en las manos. Aunque le habían reparado las lesiones más importantes y había recuperado bastante funcionalidad, ya no podría ejercer su profesión. Marianne se sintió culpable por él.

Apagó el volumen del televisor y le miró a los ojos. Quería decirle cuánto lamentaba el drama que les había ocurrido, cuánto había sufrido por ello. Su boca se abrió pero las palabras no salieron, un dolor le apretó la garganta, las lágrimas corrieron copiosamente. Él le rozó suavemente con una mano.

"No es culpa tuya".

Marianne luchó por recuperar el control.

"James, voy a volver con mi hija", le temblaba la voz.

"¿Qué?"

"Eres un neurocirujano famoso, puedes rehacer tu vida. No tiene sentido que la tires por la borda por estar al lado de una paralítica".

Se levantó de la silla y le acarició las mejillas.

"Sabes que me casé contigo porque te quiero. Lo que pasó nunca cambiará lo que siento por ti". Le cogió las manos y se las besó. "Eres mi vida, no te dejaré marchar".

Marianne lloró. Su amor era verdadero. Para seguir su corazón, ella se había separado de Antonia, él de su mujer y sus hijos.

"Salgamos a cenar", propuso James.

Fueron a Fish Eyes, el mismo restaurante del primer encuentro.

Marianne se había trasladado a Nueva York hacía veintitrés años, tras la detención de su marido. Corta de dinero, había escrito la novela A Killer's Wife bajo seudónimo, utilizando elementos autobiográficos en la redacción. Piontek, actual director del FBI, la había puesto en contacto con una editorial que, tras firmar el contrato, le había concedido un anticipo. El moderado éxito del libro le había permitido dedicarse a tiempo completo a la escritura.

Dos décadas después, James Kane, uno de sus lectores, le había enviado un mensaje en Instagram elogiando su última novela, un thriller en el que el asesino era el insospechado cirujano cardíaco.

Convertidos en amigos virtuales, Marianne le pedía de vez en cuando opiniones médicas para el nuevo libro. Al cabo de unas semanas la invitó a cenar, y tres años más tarde se casaron en una ceremonia privada.

En Fish Eyes encontraron su mesa libre en la pequeña sala decorada con redes de pesca en las que había enredadas conchas, estrellas de mar, caparazones de erizo y otras reliquias del fondo marino.

"¿De dónde te viene tu pasión por la escritura?", sonrió James.

"Me lo preguntaste aquí mismo cuando nos conocimos" se ablandó.

"Vamos a jugar" la miró suavemente. "Entonces habías contestado esquivamente, ahora cuéntame como si no supieras nada".

"¿Por qué?"

"Nosotros también somos nuestro pasado.

Nosotros también somos nuestro pasado". Marianne le acarició la mano. Podía ver que él dirigía su atención hacia lo que le gustaba, creando una atmósfera que la distrajera del drama actual.

Había nacido en Chicago, en el seno de una familia de ascendencia siciliana, entrelazada con la mafia de la Cosa Nostra como la de su primer marido. Los padres, cuyo nivel de educación era bajo, querían que sus hijos estudiaran. Ya de niña, su padre la acompañaba a elegir libros.

"¿Qué tipo de libros?"

"Era pequeña, tenía ocho o nueve años. Empecé con libros de cuentos. Luego devoré Las aventuras de Tom Sawyer, David Copperfield y varias novelas infantiles. Me encantaba leer, podía fantasear y experimentar emociones agradables".

El camarero sirvió el risotto de marisco y vertió más Pinot Blanc en sus copas.

"Así que te apetecía escribir".

Ella sonrió.

"En primaria, en una redacción asignada como deberes, dejé volar mi imaginación inventando una historia. La profesora me regañó por ser demasiado larga y por invenciones estúpidas. Me sentí humillado. Durante unos años frené mi creatividad ajustándome a las limitaciones que me imponían. Luego empecé a escribir relatos cortos sin enseñárselos a nadie.

"Qué profesor más feo", bromea James.

Otros episodios de su propia vida pasaron por la mente de Marianne.

Para sellar la alianza criminal, habían concertado su matrimonio cuando estaba en el instituto, presentándole a Sandrino en una cena sin anticipar nada. Sandrino era un chico guapísimo, su sonrisa le llegaba al corazón. La cortejó con toda delicadeza. Ella se enamoró perdidamente de él. A los dieciocho años, se convirtió en madre.

Con el apoyo de su familia, continuó sus estudios y se licenció en Humanidades. Su marido le prohibió trabajar. Compuso cuentos de hadas e historias más largas para leérselas a sus hijos.

Tenía treinta años cuando su padre y sus dos hermanos fueron asesinados por los Verlengia, la banda para la que trabajaba su marido. Carmelo Verlengia había decidido eliminarlos porque se oponían a un negocio que implicaba el asesinato de mujeres y niños inmigrantes.

Sandrino, amenazando con matar a sus hijos si se rebelaban, puso la mira en Antonia y comenzó a golpear a quien la protegía.

El camarero sirvió los calamares rellenos. Ella cortó el del centro en su plato, probando la mezcla con queso fibroso y jamón.

"¿Y tú? ¿Por qué neurocirujano?".

El sonriente cruce de miradas confirmó la complicidad en el juego del primer encuentro.

"Cuando tenía cinco años, soñaba con ser médico. Mi padre quería que fuera oftalmólogo, como él. Pero a mí no me gusta imitar, me encanta ser la protagonista que corta con el bisturí y la sierra", bromeó, repitiendo la broma de la primera vez, con el doble sentido referido al thriller con el cirujano cardíaco.

Ella no prestó atención al hecho de que él desafinara en ese momento, la magia del ambiente les arrastró a un encantamiento fuera de la realidad.

De camino a casa, Marianne se sintió más serena. Aquellos maravillosos momentos pasados juntos habían conseguido aliviar su angustia; James la había mimado en todos los sentidos, mirándola con ojos cariñosos, como si la silla de ruedas no existiera.

Un domingo almorzaron en casa de Marianna junto con Antonia y Giorgio.

Su hija cocinó: gnocchetti con salsa de tomate y filete de ternera con guarnición de patatas asadas, mientras disfrutaban de un poco de Brunello di Montalcino. Fruta fresca y postres de Saint Honorè.

"Siento mucho no haberte escuchado", se dirigió James a Antonia con la cabeza inclinada.

La joven prefirió evitar cualquier recriminación. También él había recibido un duro golpe.

"No tienes que disculparte, eres una víctima en nuestra familia. Lo siento".

"Fui arrogante".

"¿Cómo te va en el trabajo?", cambió de tema.

"Entré en cirugía ayer, como supervisor. La cirugía fue realizada por mi adjunto. Perdí el control fino de mis dedos, no puedo arriesgarme a que algo salga mal".

Giorgio le puso una mano en el brazo.

"Sigues siendo grande. Tu departamento seguirá siendo un polo de excelencia bajo tu liderazgo".

Kane bajó los ojos sin decir nada.

Antonia sintió una cuchilla en el estómago. Conocía bien a James, su pasión y entusiasmo por su trabajo. No poder seguir operando equivalía al final de una vida.

Intercambió una mirada de comprensión con su hermano: los responsables pagarían.

"James, nosotros también somos nuestro pasado", le acarició la cara su mujer. "Como cirujano extraordinario, has devuelto la vida y la alegría a miles de personas, y seguirás haciéndolo".

Él le devolvió la caricia, sus ojos se compenetraron, transmitiendo profundas emociones.

La conversación derivó hacia temas frívolos y alegres.

Marianna, tras saborear otra pasta con chocolate, bebió un sorbo de Moscato di Pantelleria.

Exquisito", comentó. "Yo diría que fue un acierto declararlo patrimonio de la humanidad", le brilló la cara.

Antonia le sirvió más. La comida en buena compañía constituía uno de los placeres de la vida.

"¿Quieres emborracharme?", rió su madre. "¿Para que luego escriba un montón de tonterías?".

"¿Cómo vas con la novela?", preguntó Giorgio.

"Ayer trabajé hasta las dos de la mañana en la cama. Me ayuda a no pensar, imagino situaciones y me olvido de la realidad".

"¿James no protesta?"

"El teclado está retroiluminado, no le molesta. Se queda dormido y duerme tranquilo".

Antonia pidió días libres y varias excedencias en el trabajo para poder estar cerca de su madre. La visitaba todos los días, a menudo también por la noche cuando no podía hacerlo antes. La llevaba a todas partes, visitando iglesias, parques, tiendas, cogiendo el metro y sumergiéndose en la ajetreada vida de la ciudad, hablando y comentando la belleza de lo que veían.

Marianne era profundamente religiosa. Antes del atentado, iba regularmente a misa los domingos, rezando y cantando con fervor. Le entristecía no poder comulgar, pues la Iglesia Católica se lo negaba a quienes se habían vuelto a casar. Expresa su deseo de viajar a Lourdes para pedir a la Virgen un milagro, rezando sin cesar para que proteja a sus hijos.

Antonia prometió organizar el viaje y acompañarla. Mientras tanto, la llevaba a menudo a una iglesia donde había una gran estatua de Jesús de Nazaret. Marianne se acercaba con su silla de ruedas, tocaba con los dedos los pies de la estatua y rezaba con los ojos llenos de lágrimas.

George, que seguía implicado en el difícil caso, acudía a verla tres veces por semana.

Plan de acción

Casi dos meses después del atentado, a pesar de los incesantes esfuerzos de los investigadores, no se había logrado ningún resultado tangible; las investigaciones continuarían, pero parecía cada vez más improbable que se identificara a los autores. Antonello Verlengia tenía a su disposición un nutrido grupo de feroces abogados, que constituían su primera línea de defensa, aparentemente infranqueable. Romper esta barrera, sobrepasar los límites impuestos por la ley, conduciría inevitablemente a violentas represalias.

Giorgio y Antonia habían ideado un plan.

Antonia visitaría a su padre, hablando con él sin la presencia de pantallas divisorias.

Durante la conversación, fingiendo perder el control, le atacaría para ocultar el efecto de una diminuta aguja disparada desde un bolígrafo modificado. La aguja habría contenido una sustancia capaz de causar la muerte sin dejar huellas, recubierta de un material que el cuerpo habría eliminado al cabo de una semana, haciendo imposible relacionar los hechos.

Es casi seguro que Riccardo habría asistido al funeral, lo que habría brindado la oportunidad de repetir la misma estratagema. Padre e hijo habrían muerto de la misma manera; podría interpretarse como un problema de salud hereditario. En cualquier caso, sin pruebas, no habría cargos.

Antonello Verlengia no necesitaba pruebas; sin embargo, era un hombre de negocios, no se arriesgaría a un enfrentamiento sin saber qué y cuántas fuerzas estaban detrás de los hechos. La muerte silenciosa que había golpeado dentro y fuera de la prisión podía segar otras vidas, así que ¿para qué desafiarla?

Contaban con actuar en cuanto recibieran el material de su amigo de la CIA.

A medida que se acercaba el momento, Antonia se sentía inquieta; a pesar de todo, la idea de asesinar a su padre a sangre fría la perturbaba.

Resurgieron dolorosos recuerdos de ocho años antes, cuando estaba a punto de casarse con Bryan, el chico al que amaba profundamente.

Su padre, pocos días antes de la boda, lo había secuestrado y torturado hasta la muerte. Ahora se había vuelto contra Marianne, y con toda probabilidad él o Richard volverían a atacar.

Tras una atormentada reflexión, se convenció de que no le quedaba otra opción. Era necesario eliminarlos cuanto antes; esperar significaba dejar espacio a un nuevo ataque. Giorgio no dejaba de repetirlo: cuando se cierne una amenaza, es estúpido esperar pasivamente a la defensiva, hay que golpear primero sin avisar.

Telefoneó a su madre, cuya voz poseía el poder de derretir toda su ansiedad.

"¿Te preocupa algo?", preguntó Marianne mientras hablaban.

"No, todo va bien".

"¿Cómo va lo del asesino en serie?".

"Lo averiguaré mañana", sonrió. "Bridgestone ha convocado una reunión a las ocho de la mañana".

"Supongo que se convencerán de que tienes razón. Hamilton no puede ser Lucifer".

"Lástima que soy el único del equipo que apoya eso".

"¿Sabes que convencí a James de la inocencia de Hamilton?"

"Prefiere no contradecirte", bromeó.

"No, en realidad entró en razón. Por fin comprendió el concepto de que Hamilton es demasiado listo para dejar pruebas tan atroces."

"Sin la habilidad de Bridgestone no las habrían descubierto".

"Antonia, confío en ti. Si crees que es inocente, desde luego que lo es. Bridgestone es un rastreador formidable, pero no a tu altura".

"Por supuesto", rió entre dientes, "tus hijos siempre son mejores que los demás".

"James, bromeando sobre la capacidad infalible de su propio ojo clínico, ha evaluado que Hamilton no posee, después de todo, la expresión verosímil de un loco y cruel asesino satanista".

"¿Ahora ha descubierto que posee el ojo clínico?", bromeó Antonia.

"Luego se ha echado a reír por la demanda interpuesta por la Asociación Satanista. Exigen a Netflix una indemnización de cincuenta millones de dólares por la imagen distorsionada y ofensiva de las deidades satánicas."

"Sí. La gente de Lucifer. Es un movimiento religioso que agrupa a seguidores anticristianos".

"¿Movimiento religioso?"

"Mamá, cada uno cree lo que quiere. Los satanistas de estas asociaciones no tienen nada que ver con los grupos que organizan rituales sangrientos, y mucho menos con los crímenes de Lucifer". Netflix emitió Las terroríficas aventuras de Sabrina, una serie de comedia donde hay chistes sobre Tracomhet, un ídolo con cabeza de cabra adorado por los seguidores de El Pueblo de Lucifer."

"Mah. Increíble, hay de todo en el mundo".

"Libertad de pensamiento y patente. Tracomhet es una marca protegida".

"¿Vienes a cenar mañana?" la madre cambió de tema.

"Sí".

"¿Qué prefieres comer?"

"Traeré algo".

"Mis brazos trabajan y James me ayuda".

"No pasa nada, de todas formas no haría ni pizca contigo", se rió.

Por la mañana Antonia fue a trabajar unos minutos antes.

Percibió el ambiente cargado: compañeros nerviosos, miradas sombrías y tensas.

Kathiuscia, su mejor amiga, se acercó a ella. La joven era conocida por sus dotes de investigación, que le habían permitido resolver casos complicados; pero aún más por el tiroteo que había sostenido ella sola contra tres terroristas. Trabajaba en el equipo desde su creación.

Contemporáneas, se habían conocido tres años antes en una fiesta.

"Parece que la reunión de ayer con el fiscal general fue mal", susurró Kathiuscia. "El jefe llegó con una cara terrible, sin saludar a nadie".

"¿Qué pasó?"

Kathiuscia levantó los hombros. Llevaba un traje de papel de azúcar con falda por encima de la rodilla. Pelo negro corto, mirada segura.

"Supongo que se trata de Hamilton".

"El pequeño elástico de Bridgestone, demasiado obsesionado con su culpa".

"Antonia, Hamilton es Lucifer. De eso no hay duda, todo conduce a él. Eres la única que piensa lo contrario".

"La cuestión es que sacas conclusiones firmes a partir de los indicios, no de las pruebas, dejando de lado una evaluación exhaustiva de la personalidad y las motivaciones de una persona. Como perfilador, buceo sin prejuicios en las zonas oscuras del alma humana. Hamilton amaba a su esposa. Esto emerge con fuerza de todo, de las fotos y de la atención prestada a ella. Puedo afirmarlo con certeza porque comprendo muy bien estos sentimientos".

Kathiuscia se mordió el labio.

"Somos cuarenta y cinco en el equipo, elegidos entre los mejores. ¿Cree que todos somos estúpidos?".

"Bridgestone condicionó la investigación".

Un sonido repetido indicó el comienzo de la reunión.

Los oficiales se sentaron. El murmullo cesó cuando Nicolas Bridgestone, jefe del grupo especial, entró enérgicamente en la sala. Su andar era espasmódico, sus músculos tensos, sus puños apretados, y destilaba furia por todos sus poros. En su rostro cuadrado aparecían unas fuertes mandíbulas contraídas. Como siempre, llevaba ropa de diseño y zapatos elegantes.

Bridgestone tomó asiento en la mesa, de cara al público; tecleó en el teclado del ordenador, proyectando a intervalos cortos una veintena de imágenes en la pantalla que tenía detrás. Imágenes que mostraban la vigilancia directa de su equipo sobre Hamilton.

"¿Cómo es posible que no se diera cuenta de que le estaban filmando? ¿Agentes especiales burlados por dos investigadores privados? ¿Sois federales o boy scouts?", gritó, dando una palmada sobre la mesa.

El silencio se hizo grave.

"Agente Rossetti, ¿puede explicarme cómo llegó su perfil de Lucifer al fiscal?".

Antonia contrajo los músculos de las mejillas.

"No tengo ni idea".

"Yo sí la tengo. Tuvo algunos éxitos y se puso las pilas. La mandaron aquí hace tres meses y tardó semanas en estudiar un caso ya claro, luego creó un retrato del asesino distinto al que dibujaron los otros perfiladores. Un absurdo que rechazamos de plano. Así que, para presumir y apoyar su... originalidad... se lo pasó a los investigadores de Hamilton".

"No permito tales insinuaciones", alzó la voz Antonia.

Los ojos de Bridgestone se convirtieron en rendijas.

"El fiscal general me ha ordenado suspender la vigilancia. De lo contrario, los abogados de Hamilton iniciarían una fuerte demanda, exigiendo mil millones de dólares de indemnización, además de la condena penal de los perseguidores. "Uno de los puntos que se nos cuestionó es que no tuvimos en cuenta otras pistas, como sugería su" cargó la palabra mientras extendía el brazo con el dedo índice extendido "perfil del asesino".

"Agente Bridgestone, repito que yo...".

Bridgestone golpeó con el puño, interrumpiéndola.

"Soy tu superior, no vuelvas a atreverte a llamarme oficial", gritó.

El aire se había convertido en una goma de silencio. Las miradas de los presentes iban de uno a otro.

"Agente Bridgestone", replicó Antonia con severidad, "usted siempre ha ignorado mi trabajo y sus conclusiones. Se cree usted un padrino, pero no ha demostrado más que presunción y arrogancia".

Bridgestone, con la cara roja, se ajustó la corbata a rayas. Agitado por tics en los ojos y los pómulos, parecía hacer un esfuerzo sobrehumano para no explotar.

"Queda usted fuera del grupo operativo con efecto inmediato", alzó la voz. "Pediré que también sea apartada del Buró".

"La veré en el tribunal, agente Bridgestone".

"Sacarla de esta unidad está dentro de mis poderes", gruñó.

"Pero la amenaza de expulsarla del FBI no lo está".

"Señor..." intervino Kathiuscia, atrayendo miradas. "Todos estamos convencidos de la culpabilidad de Hamilton, pero conozco bien al agente Rossetti. Nunca sabotearía a nuestro equipo. Los investigadores de Hamilton son extremadamente hábiles. Por supuesto fueron ellos los que consiguieron el perfil".

"¿Tiene las pruebas?"

"¿Las tiene?", respondió la joven en tono tranquilo pero firme.

"¿Cómo se atreve? Agente Giomber, también podemos prescindir de usted", apretó los dientes.

"Señor, decida lo que crea conveniente. Le reitero que las acusaciones contra el agente Rossetti son infundadas. Mi opinión es que usted, señor, se ha tomado mal la decisión del fiscal y, en consecuencia, culpa al autor del perfil contrario a la dirección de la investigación."

"Agente Giomber, queda suspendido por tres días a partir de este instante".

"De acuerdo", respondió con calma Kathiuscia Giomber.

La tensión en la sala crecía por momentos, los presentes rígidos en sus sillas. Tras un prolongado silencio, el agente Martínez se aclaró la garganta y se levantó.

"Señor, estamos de su parte en lo que respecta a Hamilton. Al trabajar con usted hemos apreciado sus habilidades, más allá del hecho de que haya atrapado a cuatro asesinos en serie y resuelto veintiún casos de asesinato. Sin embargo, somos un equipo aquí, trabajando juntos por un objetivo común. Expulsar a uno de nosotros sin causa justificada afectaría al espíritu de equipo. Si confirma su decisión, yo también abandonaré el equipo".

"Lo mismo digo", se levantó la agente Tipper.

"¿Tipper?" La expresión de Bridgestone destilaba incredulidad. "Eres el acusador más ruidoso de Hamilton".

"Señor, no somos boy scouts. Trabajamos con dedicación y sacrificio. No cuestiono su autoridad, pero no puedo aceptar métodos que disminuyan el valor del equipo." Sin decir nada, otros cinco se pusieron lentamente en pie. Empezó a levantarse un murmullo, las miradas y los susurros entre los oficiales sentados se intensificaron. Nadie más se levantó. Bridgestone se reclinó en su silla, observando a los manifestantes uno por uno.

"Estoy decepcionado. Ocho oficiales que han jurado lealtad se rebelan contra un superior. ¿Por qué? ¿Para apoyar a quienes ayudaron a defender a un criminal? En este momento los que están de pie son...".

"Oficial Bridgestone", le interrumpió Antonia, poniéndose en pie. "Doy las gracias a mis compañeros, pero este equipo perdería eficacia sin ellos. Propongo resolver la situación de esta manera: yo dimito de la unidad y ustedes evitarán nuevas acciones contra mí. Los demás permanecerán sin represalias. Se levanta la suspensión del agente Giomber".

Bridgestone, con el rostro transfigurado, pareció considerar la oferta.

"No", gritó al cabo de unos instantes. "Hay una jerarquía y aquí mando yo. So...."

Se quedó helado al ver a una oficial levantarse, seguida inmediatamente por dos más, y tres más.

"Si esto es un motín, les advierto que las consecuencias serán muy graves", giró el brazo con el dedo índice señalando, "para todos ustedes".

Se hizo el silencio y luego otra mujer se levantó. Unos instantes después, dos informáticos.

"Oficial Bridgestone" presionó Antonia "¿cómo va a explicar el desmembramiento del equipo? ¿Diciendo que no admite la solidaridad con un colega al que usted", acusó, extendiendo el brazo en su dirección, "ha acusado falsamente? Si no acepta mi propuesta, le explicaré a Piontek lo ocurrido. Después de eso dudo que siga al mando".

"Esto es chantaje".

Cinco oficiales más se levantaron.

"Quien coordina un equipo", contraatacó Antonia, "debe poseer la capacidad de mantenerlo unido, de gratificarlo y motivarlo, de escuchar a cada uno de sus miembros. Estoy segura de que Piontek estará de acuerdo".

Bridgestone dio la impresión de contar con el grupo en pie y reflexionar sobre la situación.

"Hamilton también pagará por esto. Acataremos las instrucciones del fiscal, pero no dejaremos de perseguirle. Tarde o temprano cometerá un error y..." señaló con el dedo a Antonia, apretando los dientes "ella explicará por qué le defendió". Tecleó en el ordenador y apareció el cadáver de la primera víctima, con los miembros cercenados vivos con una motosierra y una serpiente marcada justo encima de las nalgas. Hizo zoom sobre la figura de la serpiente de cascabel, erguida sobre la parte delantera de su cuerpo, los ojos oblicuos, las costillas del cuello extendidas y una larga cola flexionada por detrás. "Quiero que reconsideres los hechos", se dirigió a Antonia en tono áspero. "En casa de Hamilton había un libro con la misma imagen; la serpiente representa la energía Kundalini en la base de la columna vertebral. Su activación desarrollaría poderes paranormales, y Hamilton decía ser sanador". Movió el puntero del ratón alrededor de la cabeza de la víctima. "Ahuecó los ojos, la boca y las mejillas, colocando sus brazos cortados sobre las orejas". El grito de Munch. Se divirtió reproduciendo uno de los cuadros más famosos. ¿Por qué yuxtaponer el símbolo del satanismo con el arte? Con la intención de llamar la atención, Hamilton se considera un elegido del mundo oscuro, por encima del común de los mortales. Una maniobra descarada, ya que ama el arte, un guante para todos nosotros". Proyectó fotos de los otros ocho desgraciados, deteniéndose en la quinta víctima, la esposa de Hamilton.

La tortura, infligida en vida, era diferente para cada mujer, al igual que la representación artística por partes del cuerpo, con la constante de la serpiente de cascabel estampada en la base de su espalda. "Estas chicas esperan justicia, otras están en grave peligro. Capturar a Lucifer es una prioridad, no me arriesgaré a que la investigación se ralentice". Se aclaró la garganta. "De acuerdo, agente Rossetti. Acepto su dimisión y nadie sufrirá sanciones". Se aflojó el nudo de la corbata. "Sin embargo, quiero dejarle claro lo que ocurrirá. Adrian Hamilton nos quiere lejos porque siente una necesidad extrema de matar y crear una nueva obra maestra infligiendo un tormento atroz. Enganchará a otra chica y la torturará sádicamente hasta la muerte.

"Cuando encontremos el cuerpo, reflexiona sobre la ayuda que has recibido de los tuyos", comentó, "perfil engañoso".

Un extraño encuentro

Jennifer Helmett avanzaba con aire altivo por un bulevar de Central Park. El sol brillaba, iluminando el apacible oasis y avivando los colores de la naturaleza: las verdes hojas y las vibrantes flores. Una suave brisa acariciaba su rostro mientras caminaba. Se fijó en un joven sentado en un banco y se detuvo a observarle; su respiración se detuvo y su corazón empezó a latir más deprisa. ¿Era posible que fuera él?

Aunque tenía barba de unos días y la mirada perdida, estaba segura de reconocerle. Tenía que aprovechar la ocasión.

Se acercó vacilante y se dirigió a él.

"¿Señor Hamilton?"

Adrian Hamilton dio la impresión de no haber oído. En el calor del tercer domingo de junio, absorto en sus propios pensamientos, miraba con expresión triste un punto en el vacío.

"¿Señor Hamilton?", repitió Jennifer, elevando el tono de su voz.

Adrian se volvió lentamente y, como recuperándose de un trance, pareció reconocerla.

"Buenos días", saludó sin moverse.

Jennifer se dio cuenta de que él no tenía ganas de hablar, pero este encuentro representaba una gran oportunidad. Le daría la oportunidad de cotillear durante semanas. También sentía curiosidad por saber por qué un multimillonario se paseaba con ropa sin firmar. ¿Habría dilapidado la fortuna que heredó de su esposa?

"¿Puedo sentarme?"

Adrian parecía disgustado.

"Por favor", señaló con la mano el espacio a su derecha.

"Desde que me curó" sonrió con simpatía "no me duele la cabeza".

Él se puso rígido.

"Bien", respondió sin entusiasmo.

"Tú... te has recuperado... quiero decir... ¿sigues siendo sanadora?".

"Sabrá que he perdido mis poderes".

"Quizá los haya recuperado", sonrió.

"No."

"Lástima. Me divorcié el año pasado. Mi ex marido, bueno para nada, sigue bebiendo como un idiota, a pesar de tener el hígado destrozado. No es que me importe, pero él y mi hija nunca creyeron en sus habilidades. Me gustaría que ella lo curara, para que vieran de lo que es capaz'.

Adrian negó con la cabeza.

"No soy capaz de ayudarle".

"Kathiuscia, mi hija, ha adoptado el carácter de su padre. Terca y testaruda. Podría vivir como una dama, en cambio trabaja en el FBI por poco dinero. Ah, pero yo la corté. Solía hacerle muchos regalos, a pesar de esta tontería del FBI. ¡Pero que siempre se ponga del lado de su padre es demasiado! Yo la parí, le transmití mi belleza y se lo di todo, porque su padre es un muerto de hambre. Siempre han disfrutado de mi dinero, ¿y cómo le corresponde ella? Está más apegada a él que a mí. Así que supéralo".

Adrián torció la boca.

"De todos modos", continuó, "Kathiuscia es una de las mejores agentes. Trabaja aquí, en Nueva York, y ha resuelto casos difíciles. Si ella se hubiera encargado del asesinato de tu mujer, habría descubierto al verdadero asesino".

El rostro de Adrian se endureció, sus ojos se congelaron.

"Yo", continuó Jennifer sin darle tiempo a replicar, "lloré cuando la absolvieron. No entiendo cómo pudieron dudar, incluso insinuar que ella es Lucifer. Una locura, inconcebible.

No dijo nada.

"Mira, me alegro mucho de haberte conocido. Me gustaría que me hicieras el honor de cenar en mi casa esta noche".

"Gracias, preferiría que no."

"Por favor."

Sacudió la cabeza.

"No insista".

Jennifer no pensaba desaprovechar aquella extraordinaria oportunidad. Iba a hacer que sus amigas se murieran de envidia y asombro. Y dar una lección a Kathiuscia, que siempre despreciaba sus consejos.

Demasiado buena para cenar con alguien acusado de ser un fraude de curandero, de uxoricidio, y sospechoso de ser un sanguinario asesino en serie, el macabro artista que firmó con la serpiente de cascabel

"Testifiqué en Washington en su defensa", sonrió, "y... se me dio bien". Jennifer enfatizó con el tono de su voz y una expresión de comprensión la última frase. "Sólo le pido un par de horas juntos".

Adrian arrugó el ceño. Dio la impresión de sopesar la petición.

"De acuerdo. ¿A qué hora?"

"¿Te espero a las seis?".

"Estaré en tu casa a las ocho. Dame la dirección".

A Jennifer le hubiera gustado charlar, pero Adrian, después de haber intercambiado números de teléfono, prefirió irse.

Ella se quedó exultante en el banco, siguiendo a Hamilton con la mirada mientras él se alejaba por el sendero arbolado.

Golpeó la esfera de su Rolex de oro rosa y diamantes: las diez de la mañana. Perfecto, tenía tiempo suficiente para planear una cena digna. Apenas podía creerlo. El caso de Adrian Hamilton llevaba mucho tiempo siendo noticia en Estados Unidos, dividiendo al país entre los que creían en su inocencia y los que lo consideraban culpable. Las imágenes de las víctimas, cruelmente mutiladas en vida y luego remodeladas para simular creaciones artísticas, habían dado la vuelta al mundo a través de Internet; todo el mundo seguía los crímenes atribuidos a "Lucifer" y discutía sobre el significado de sus perversas obras, los mensajes que pretendía transmitir. Según algunos criminólogos, el asesino en serie retaba a los detectives a encontrarle dejando pistas con cada composición. Muchos detectives importantes se habían esforzado por conectar esas piezas en una secuencia lógica.

Adrian, que nunca había concedido entrevistas ni hecho declaraciones, pasaría la noche en su casa. Una situación escalofriante, pero al mismo tiempo fascinante. Mucha gente creía que Hamilton era Lucifer, pero Jennifer estaba segura de que se trataba de un error macroscópico. Un hombre tan guapo, encantador, carismático, rico, sensible y cortés no podía ser un criminal. Los asesinos, en su opinión, pertenecían a la plebe, a los inadaptados, no a la alta sociedad.

Estaba deseando transmitir la invitación a su hija, que consideraba a Adrian Hamilton un estafador y un cruel asesino, a pesar de su absolución tras once meses en prisión.

Pastelería francesa

Antonia invitó a su amiga a Saint-Honouré, una popular pastelería francesa de Manhattan. El local estaba lleno de gente. El aire estaba impregnado de olor a café y brioche recién horneado; tras el cristal del mostrador se veían hileras de pequeños pasteles: sfogliatelle de almendra, hojaldres de pistacho, tartaletas de chocolate, milhojas de crema, macarrones y otras delicias.

Encontraron una mesita en un rincón tranquilo. Kathiuscia llevaba una falda corta gris perla, mientras que Antonia había elegido unos vaqueros desteñidos. Sus chaquetas servían para ocultar sus armas.

Tras saborear un granizado de fresa con nata, pidieron un cannoli de ricotta con trocitos de chocolate en lugar de fruta confitada.

"Mejor no pensar a cuántas calorías corresponde eso", rió Kathiuscia, mordiendo uno de los extremos con granola de almendras. "Los domingos viene bien una transgresión".

"Pero si eres un clavo", rió Antonia.

"Yo tengo esta grande", se dio una palmada en la nalga derecha.

"Lo que es grande es la carcoma que tienes en la cabeza. Tu cuerpo es atlético, perfecto".

"Oye, esta noche hay una fiesta en casa de Martínez y estamos invitadas".

Antonia miró a su amiga. Su corte de pelo era reciente, su maquillaje ligero y discreto; grandes ojos azules, mirada encantadora, una mujer muy guapa. A los hombres les gustaba mucho. Seis meses antes había roto una relación con un hombre casado, diez años mayor que ella.

"Lo siento, Kathiuscia, no voy a ir."

"Vamos. Está enamorado de ti. Y es muy guay".

"Una buena persona también. Aprecio sus cualidades, pero no me importa".

"Se levantó justo después de que Bridgestone me suspendiera, arriesgándose mucho. Martínez se vuelve loco por ti, te mira boquiabierto como un ebete".

"Kathiuscia, lo que quieras, pero he terminado con los hombres".

"Mira", gesticuló con las manos, "vamos a pasar una noche alegre, a brindar en compañía".

"¿Qué debería celebrar?"

"¿Estás cabreada porque te han echado del equipo?".

"En absoluto. ¿Qué estaba haciendo allí? Tienes fijación con Hamilton".

"Cuando el querido Adrian salió de la cárcel, hubo una víctima mortal en cuatro de las ciudades a las que fue. ¿Te parece una coincidencia?"

"Lucifer quiere echarle la culpa".

Kathiuscia, habiendo llegado a la mitad del cannoli, lamió un riachuelo de requesón.

"Antonia, un asesino en serie mata para satisfacer impulsos enfermizos, no para atribuir a otros sus hazañas. Perdona, pero es un concepto elemental. Además, si Hamilton fuera inocente, ¿por qué haría todo lo posible para evitar que lo vigiláramos? Quiere ser libre para atraer y masacrar a su próxima víctima. No ha atacado en cinco meses, el deseo de matar, de disfrutar de los tormentos que inflige, le atormenta. Masacra a mujeres jóvenes y nos las arroja a la cara en forma artística para satisfacer la necesidad de poder y grandeza."

"¿Quiere robarme mi oficio?", sonrió Antonia.

"Disculpe, profesor", rió Kathiuscia, levantando las manos.

"Tonta" se rió ella también.

"De todas formas, has demostrado como siempre que tienes cojones al dirigirte así a Bridgestone".

"Y una mierda comparado con lo que he tenido que lidiar en la vida".

"Pero te importa mucho este trabajo, y podrías perderlo".

Antonia cogió una servilleta del dispensador y se limpió los labios.

"Para vivir con dignidad hay que mantener la cabeza alta. Cuando denuncié a mi padre, pudo costarme más que la vida".

Una camarera, con el pelo brillante recogido en una coleta alta con gomas negras, volvió para ordenar la mesa.

Las jóvenes pidieron una crema de café, una especialidad fría con nata y azúcar, espesa, para tomar con cuchara.

"¿Cómo está tu madre?", preguntó Kathiuscia.

"Ella es única. Cuando voy a verla sonríe, como si no pasara nada. Lo hace por mí y por Giorgio. Tengo el corazón destrozado, no puedo aceptar lo que ha pasado. Es culpa mía, no debí permitir que James desactivara los dispositivos de seguridad".

Kathiuscia le cogió la mano, negando con la cabeza.

"Sabes que no había forma de detener a tu hermano. Supongo que activó las alarmas en los días previos para presionar a que las desactivaran. Aunque James las hubiera mantenido encendidas, Richard habría encontrado otra forma de atacar".

"Mi padre lleva incomunicado desde que..." un nudo en la garganta le impidió respirar "mandó masacrar a Bryan. No entiendo cómo pudo comunicarse con el mundo exterior".

"Richard debió sobornar a un guardia".

"Fui estúpida al no tomar contramedidas".

"O tu padre la sobornó, no les faltan medios".

"Utilizan el poder de la Verlengia. Mi padre era su mejor asesino; conoce muchos secretos, nunca habló a pesar de que le prometieron inmunidad".

Kathiuscia asintió. Estaba a punto de responder cuando sonó su móvil. Con una mueca, aceptó la llamada.

"Hola, mamá".

"Hace tres días que no llamas".

Antonia pudo oír la conversación.

"Mamá, he estado ocupada con el trabajo".

"¿Vienes a comer?"

"Gracias, pero estoy con Antonia."

"Tráela también."

"Tenemos un compromiso."

"Está bien, será para otra ocasión. ¿Sabes" el tono sonaba divertido "que esta noche ceno con un hombre?".

"¡Ah!"

"Tiene treinta y seis años y es guapo".

"Le habrá encantado tu dinero".

"¿Crees que soy vieja, a los cincuenta y seis?"

"Vamos, estaba bromeando. Pareces diez años más joven y eres una mujer preciosa. Pero, ¿quién es el tío? No me dijiste que salías con alguien".

"Lo conocí hace media hora", transpiró la petulancia.

"¿De qué estás hablando?"

"En el parque, en mi paseo habitual. Su encanto es irresistible".

"O sea, ¿has conocido a un hombre y enseguida te vas a cenar con él?".

"Yo le invité".

"Ah, qué bien", frunció el ceño. "¿Y adónde vas?"

"Desde luego, no al restaurante. Viene a mi casa".

Antonia vio que su amiga se retorcía.

"¿Sólo un tío en tu casa?".

"No me come".

"Siempre has dicho que no te fías de los desconocidos".

"De hecho le conocía".

"Eres el de siempre", apretó un puño. "No tengo tiempo para tus jueguecitos".

"Sin embargo, tienes curiosidad por saber quién es".

"En absoluto. Por mí, puedes ver a quien quieras".

"Tú y Antonia le conocéis".

Kathiuscia permaneció en silencio.

Antonia se obligó a pensar. Treinta y seis años, guapo, en el parque. Recogido al vuelo. Oscuridad total.

"Muy bien, dime quién es el afortunado", cedió Kathiuscia.

"Adrián".

"¿Adrian? ¿Quién es?"

"Adrian Hamilton."

Kathiuscia se puso tan roja como los botones de su camisa.

"¿Adrian Hamilton? ¿Qué Adrian Hamilton?"

"¿Conoces a más de uno?" la voz goteaba satisfacción.

"¿Estás hablando del asesino en serie? Te dije que no tengo tiempo para tus tonterías".

"¿Crees que me lo inventaría? Me dio su número de móvil".

"Mentira."

"Le he hecho una foto en secreto, te la mando por WhatsApp".

Unos segundos después, Kathiuscia y Antonia contemplaban absortas la imagen de Adrian Hamilton en un banco junto a un seto desgreñado.

Los ojos de Kathiuscia ardieron.

"¿Te has vuelto loca?"

"¿Por qué?"

"Cristo, no puedo creerlo. ¿Has invitado a un asesino a casa? ¿Estás loca?"

"Fue absuelto y no hay pruebas de que sea Lucifer. El Sr. Hamilton es una persona decente".

"Mierda, es un asesino peligroso. Te marcará antes de desmembrarte para llevar a cabo su nuevo trabajo, ¿lo entiendes?"

"Hamilton es un caballero, no estoy en peligro. Pero la idea es excitante, ¿no crees?"

"Por supuesto, cambiará tu vida".

"Me alegro por este encuentro, será una velada inolvidable".

La joven apretó las mandíbulas.

"Diviértete".

"Gracias".

Kathiuscia interrumpió la llamada y, con la boca abierta, miró petrificada a su amiga.

"Lo he oído, ha invitado a Adrian Hamilton a cenar", confirmó Antonia.

"Sí", le tembló la voz.

Permanecieron mirándose a los ojos.

"Absurdo", comentó Kathiuscia. "Está claro que el encuentro no fue casual. Mi madre es un animal de costumbres, encontraron a Hamilton en la ruta. Habiéndose librado de la vigilancia, se fijó en ella. Sube la apuesta, pretende matar a la madre de uno de los agentes que le persiguen. Un desafío que le excita, demostrando que puede golpear impunemente a quien quiera."

"Si quisiera burlar a tu madre, se presentaría bien afeitado y con ropa fina".

"¿Como un ladrón barato? Antonia, tienes que meterte en la mente de un cerebro criminal. El aspecto desaliñado de un hombre rico y famoso atrae la atención y la curiosidad, rompe el temor reverencial, transmite la impresión de angustia emocional y puede inducir a la compasión, así como una ilusoria sensación de poder. Por supuesto, conociendo a mi madre sé que lo invitó para poder presumir de él, pero no creo que se le hubiera pasado por la cabeza si no lo hubiera conocido en esas condiciones. Créeme, Hamilton se presentará a la cena vestido de punta en blanco, con la barba recortada y un gran ramo de rosas rojas -dio una palmada sobre la mesa.

Antonia le puso una mano en el brazo tembloroso.

"Cálmate, no pasará nada".

Kathiuscia apretó los dientes.

"También porque le esperaré delante de la puerta. Le despejaré la mente como es debido" apretó los puños mientras contraía las mandíbulas.

"Sabes que no puedes acercarte a él".

"Me importa un bledo. No dejaré que destroce a mi madre por sus malditas composiciones, pase lo que pase. Prefiero pegarle un tiro en la frente".

reflexionó Antonia. En aquella situación, no le parecía apropiado reiterar la inocencia de Hamilton.

"Recuérdame cómo lo conoció tu madre", dijo.

"Fue a verle a Washington dos meses antes del asesinato de su mujer, por un dolor de cabeza que los médicos no podían curar. Hamilton la miró, sólo la miró, sin ningún análisis, y le diagnosticó un aneurisma cerebral, diciendo que podía estallar y matarla en cualquier momento. Luego la tocó con las manos, algo así, y al cabo de diez minutos le aseguró que estaba curada."

"Sin embargo."

"Un sinvergüenza sin escrúpulos".

"¿Quién estaba con ella?"

"Fue sola, en contra de mi consejo. Nunca dejó que me escuchara."

"¿Cuánto le pidió?"

"Sesenta mil dólares."

"¿Por un cuarto de hora?", comentó Antonia, a pesar de conocer las tarifas de Hamilton.

"Sí. Y trabajamos un año por esa cantidad".

Antonia asintió.

"Estamos en el negocio equivocado". Juntó las manos, llevándoselas a la nariz. "¿Por qué no lo denunciaste?"

"Sin duda lo habría hecho, pero Hamilton posee una fortuna increíble".

"¿En qué sentido?"

"Después de acudir a él, mi madre dejó de sufrir dolores de cabeza, así que se creyó sus mentiras".

"Un clásico efecto placebo."

"Sí, eso es lo que todos pensamos. O mi madre dijo que los ataques habían desaparecido para no admitir el engaño".

"¿Cuánto duró?"

"¿Qué?"

"El efecto placebo."

"Bueno... duró... no sé... no volvió a quejarse".

"¿Cuánto tiempo había estado sufriendo?"

"Años". Kathiuscia extendió las manos. "Síntomas subjetivos, quizá debidos a trivialidades cotidianas".

"¿Ha vuelto el dolor de cabeza desde entonces?"

"Que yo sepa, no".

reflexionó Antonia. Ni siquiera el paciente de James tratado por Hamilton había recaído. Y los testimonios ofrecidos en el juicio confirmaban los prodigios de Hamilton.

"Es extraño que un problema crónico se cure así". Se encogió de hombros. "Tómatelo así. Tu madre es rica, para ella sesenta mil dólares representan una miseria. Si se ha curado de algún modo, ha merecido la pena".

"Por supuesto, de eso no hay duda. Los ataques duraban días, sufría mucho. Creo que también ahorró dinero, ya había gastado mucho en luminarias, exámenes de todo tipo y clínicas privadas. Incluso había recurrido a otros mercachifles que ofrecían curas alternativas. Pero eso no cambia el hecho de que Hamilton es un estafador sin escrúpulos'.

"Que ya no ejerce.

"Inventando que perdió sus poderes tras la muerte de su esposa".

"Afirma que el dolor lo ha apagado."

"Vamos, Antonia. Heredó ochocientos millones de dólares".

"Ganó mucho, y su mujer le quería. Ya sabes lo que pienso; el motivo es débil, desde luego no puede ser el dinero".

"Considera, sin embargo, que Matthaeus le había acorralado retándole a mostrar sus habilidades. Hamilton podría haberlo perdido todo. Aparte de eso, los hombres nunca están satisfechos con el poder y el dinero. Por no mencionar que le encanta matar y dominar a sus víctimas, disfrutando torturándolas atrozmente. Elige a chicas guapas, pero no las viola sexualmente ni viola sus pechos o partes íntimas; utiliza sus cuerpos para crear composiciones sugerentes. ¿Por qué?"

"Lucifer golpea a las mujeres porque es un hombre. Las tortura porque siente un placer sádico, de lo contrario simplemente las mataría. Las elige bonitas porque la belleza confiere valor; una mujer fea o vieja no le daría la misma satisfacción. Las marca con la serpiente del libro de Hamilton para reforzar las acusaciones contra él. Las representaciones macabras sugieren que el verdugo ha sido maltratado por una sociedad que considera inferior e hipócrita, y que le entusiasma devolver el sufrimiento al mundo señalando su propia brillantez. Tus suposiciones son erróneas; atribuyes a Hamilton las características de Lucifer. He analizado a fondo el comportamiento de Hamilton desde que era un niño; lo que surgió fue una persona buena, con principios, nunca agresiva ni sádica".

"¿Cómo pudo Lucifer saber que Hamilton poseía ese libro?".

"Lucifer conoce bien a Hamilton, de lo contrario no tendría motivos para perseguirlo. Ciertamente ese texto inspiró a Lucifer, ya que además de la serpiente de cascabel hay imágenes de rituales y torturas practicadas por la secta y replicadas por él. Pero si Hamilton era culpable, ¿habría dejado el volumen en su estantería? ¿Matado a su mujer como en una de las ceremonias descritas?"

"¿Por qué leerían los agentes un tratado titulado Historia de Religiones Repudiadas? Sin la perspicacia de Bridgestone ese texto nunca habría aparecido. Estaba entre otros cientos de libros, entre ellos decenas de novelas de suspense y varios volúmenes con cuadros de los artistas más famosos."

Antonia negó con la cabeza. ¿Qué tenían que ver los thrillers, que se vendían por millones en todo el mundo? ¿Qué sentido tenía aislar elementos del contexto general? La lista de lecturas de Hamilton también incluía volúmenes de Harry Potter, El Principito, La Gaviota de Jonathan Livingston y otras novelas de distintos géneros. Además, la propia Antonia poseía libros de arte y leía novelas de suspense; las de Stieg Larsson, devoradas antes de entrar en el FBI, la habían fascinado. Prefirió desviar el tema.

'Los documentos del juicio constan de miles de páginas, me detuve en los puntos principales. Había ojeado el testimonio de tu madre, pero no recuerdo el aneurisma".

"Ella evitó hablar de ello."

"¿Una sugerencia de los abogados de Hamilton?"

"No. Mi madre es tonta para algunas cosas, pero astuta e inteligente para otras. Quería ayudar a Hamilton; imaginó que el diagnóstico infundado de un aneurisma empañaría el resto de la declaración y se prestaría al argumento de la acusación. Así que sólo habló del dolor de cabeza, documentado por los "exámenes médicos".

"¿Por qué hizo eso?"

"Adora a Hamilton, su Sandrino", ironizó.

Antonia permaneció en silencio. Aparte de la visión, que ella creía cierta, había estudiado el caso a fondo antes de hacer el perfil de Lucifer, llegando a la conclusión de que Adrian Hamilton no tenía relación con los asesinatos. Estaba familiarizada con el mundo oscuro y las almas oscuras que lo habitaban; había nacido y vivido allí. Las características de Hamilton contrastaban con la imagen que le atribuían los investigadores. Además, como poseía el don latente de las visiones, consideraba plausible el don de las curaciones de Adrian. ¿Cómo evitar que su amigo desobedeciera las órdenes y se metiera en problemas?

"Oye, ¿te has dormido?", la sacudió Kathiuscia.

"Dame un minuto, estoy pensando". Sí, si su idea de Hamilton era correcta, podría intentarlo.

"Kathiuscia, ¿te importa si llamo a tu madre?"

"¿Qué?"

"Permíteme."

Sin esperar confirmación, Antonia llamó.

"Buenos días señora, soy Antonia, una colega de su hija".

"Ah, sí. Kathiuscia me habló de usted, dice que es su amiga soñadora". La joven sonrió.

"Los sueños hacen la vida más emocionante".

"La tuya sin duda lo es".

"Gracias, Jennifer. Fue estupendo que invitaras al Sr. Hamilton". Kathiuscia no podía decírtelo debido al secreto de investigación, pero yo, como tú, no creo en su culpabilidad. Te diré más, soy un admirador suyo". Tomando a Jennifer Helmett al pie de la letra y entre halagos, Antonia consiguió el número de Hamilton. Le envió un mensaje de texto antes de hacer la llamada, diciendo quién le había dado el número, que ella era la autora del perfil que lo exoneraba y que deseaba pedirle una cortesía en relación con la cena con la señora Helmett. Cuando ella le llamó, él contestó.

"Buenos días, señor Hamilton, soy Antonia Rossetti. ¿Ha leído el mensaje?"

"Sí."

"A la hija de la señora Helmett y a mí nos gustaría asistir a la cena. Así que", intentó transmitir una sonrisa con el tono de su voz, "no tendrá que aguantar la cháchara de esa mujer; Kathiuscia y yo le proporcionaremos una distracción", bromeó.

"No entiendo el sentido de esta llamada".

Antonia le explicó que, al ser agentes del FBI, necesitaban su autorización. Hamilton guardó silencio unos instantes antes de aceptar. Accedió a que grabaran su permiso, dejando claro que estaba condicionado a que no hubiera micrófonos ni grabaciones de vídeo. Kathiuscia, aturdida, puso al jefe al corriente.

"Esto es raro", murmuró Bridgestone. "¿Vais armados?".

"Por supuesto".

"Colocaré un equipo de intervención cerca. Lástima lo de los micrófonos, Hamilton es diabólico vigilando sus espaldas". Antonia volvió a llamar a la Sra. Helmett.

"Por supuesto, querida", respondió Jennifer. "Estaré encantada de invitarte a cenar".

El padre de Kathiuscia

Al salir de la panadería, caminaron hasta la estación de metro.

"Los domingos cocino para mi padre", sonrió Kathiuscia mientras cruzaban el paso de cebra. "¿Quieres comer con nosotras?".

Antonia disfrutaba de la compañía de su amiga, aceptó encantada.

"¿Cómo está?"

"Necesita un trasplante de hígado. El mío es compatible; me gustaría darle la mitad, pero se niega".

Antonia sintió un nudo en la garganta. Su amiga estaba dispuesta a todo para salvar a su padre, mientras que ella pretendía matar al suyo.

El vagón subterráneo estaba lleno de gente, de pie junto a afroamericanos que jugueteaban con sus teléfonos móviles. A Antonia le molestaba el olor a perfume que le rociaba una señora obesa.

Cuando subieron a la casa, el padre no estaba.

"Juega al ajedrez", explicó Kathiuscia. "Volverá dentro de un rato".

Antonia le echó una mano para ordenar; Walter Giomber vivía solo, reinaba el desorden.

Le hicieron la cama, le doblaron la ropa, pusieron la lavadora en marcha, se instalaron en la cocina y se prepararon para comer.

"¿Cuántos años tienes?"

"Cincuenta y siete. Se casó con mi madre a los diecinueve, eligiendo las Bahamas para su luna de miel. Me concibieron en aquellas islas de ensueño", sonrió. "Se querían, se llevaron bien durante muchos años; el matrimonio empezó a deshilacharse después de que a la hermana de mi padre le diagnosticaran un cáncer de mama. Estaba muy unido a ella; cuando murió, ayudó económicamente a los niños, asegurándose de que continuaran sus estudios. Mi madre es egoísta; hubo peleas furiosas por esto".

"¿Tu padre utilizó el dinero de Jennifer?"

"¿Bromeas? Usó sus propios ahorros".

"¿Por qué bebe?"

"Vivir con mi madre no es fácil. Creo que empezó por ella".

"Podría haberse divorciado de él antes."

"Aunque ella siempre lo negó, no quería que yo sufriera por ello".

Antonia pensó en el dolor causado a su propia familia por su padre y su hermano.

El sonido del ascensor, seguido de la llave en el ojo de la cerradura, anunció la llegada de Walter Giomber.

"Papá, ésta es Antonia".

Le tendió la mano.

"Seguro que eres colega".

"¿Cómo lo has adivinado?", sonrió.

"El mundo de mi hija es el FBI" arqueó sus pobladas cejas. "Además", le guiñó un ojo, "¿quién se pondría una chaqueta con este sol?", señaló la ventana abierta.

Antonia le observó. Flaco, con barba de varios días, la cara hundida, los ojos vidriosos, el pelo alborotado. Llevaba pantalones negros, una camisa con el bordado de un caballo a cuadros y un par de zapatos gastados. Su mirada parecía dulce e inteligente, sus rasgos hermosos. La enfermedad lo había abatido, se dejaba llevar.

Cenaron bavette de gambas, calamares fritos y fruta fresca, terminando con cannoli à la Saint Honorè recién rellenos.

Walter se bebió una botella entera de Miraval Blanc, ensalzando su aroma a melocotón y almendra.

Antonia sabía cómo se sentía Kathiuscia: era inútil privarle de los placeres de la mesa y el alcohol, valía la pena renunciar a unos días de vida para aprovechar al máximo el tiempo restante. No podía culparla, ella también creía que el placer era el motor de la existencia.

La joven se percató de las infinitas atenciones con las que su amiga mimaba a su padre.

"Tu hija me ha dicho que eres escritor", le dijo.

"La utilizo como asesora para mis novelas de suspense", sonrió. "Los publico por mi cuenta en Amazon, tengo unos ingresos decentes haciendo un trabajo que me gusta. Amazon me lo abona cada mes y puedo ver los ejemplares vendidos en directo, estoy muy satisfecha. Al principio aspiraba a una buena editorial, pero después de unos 20 rechazos desistí. Ahora estoy trabajando en una nueva novela inspirada en Lucifer".

"¿Cuál es el argumento?"

"El asesino fue rechazado durante su entrenamiento en Quantico. Cargado de resentimiento, se acerca a familiares de agentes y los mata tras imprimirles el emblema del FBI, lanzando así un duro desafío al Buró. Con los cuerpos de las víctimas simula estatuas famosas; utilizó a los padres del sabueso más ávido para componer la Piedad vaticana de Miguel Ángel. Para los asesinatos construye sólidas coartadas con el fin de escapar a la justicia, a pesar de que está claro que él es el autor de los crímenes. Un agente a cuya hija había asesinado lo secuestra y lo lleva a un cobertizo aislado para torturarlo, descubriendo algo que nunca imaginó. El resto no os lo voy a contar -sonrió.

Los amigos intercambiaron una mirada.

"Walter, ¿crees que Hamilton es Lucifer?", preguntó Antonia.

"Sin ninguna duda".

"Sin embargo, curó a Jennifer".

"Ella toma muchas pastillas, para cada estupidez. Una de esas pastillas habrá resuelto el problema".

"Mi madre también está escribiendo un libro inspirado en este asunto. Ella cree, sin embargo, que Hamilton no está relacionado con los asesinatos."

"Las mujeres son indulgentes con los hombres guapos y famosos. Y esto, a pesar de que Lucifer sólo ataca a las mujeres. La gente posee una mentalidad extraña, asumen ideas abstractas acríticamente, como si fueran dogmas. Una forma de fanatismo similar a la de los aficionados al fútbol o los seguidores de ciertas religiones".

Terminado el almuerzo, los dos amigos optaron por dar un paseo. La zona era poco transitada; al cabo de unas manzanas entraron en una calle transversal con más movimiento. Gente en las aceras, tiendas, taxis y autobuses amarillos, gente cruzando la calle imprudentemente.

Pasaron bajo el letrero de un Burger King percibiendo los olores de la comida y se detuvieron más adelante para admirar un escaparate con ropa de mujer.

"Qué mona esa blusa blanca salpicada de negro", observó Antonia. "La abertura asimétrica es original".

"Con tu cazadora bomber es perfecta", se burló Kathiuscia, refiriéndose al hecho de que Antonia llevaba a menudo una ultraligera hecha a medida. "¿Te la vas a poner esta noche?".

"¿Para qué?", rió ella. "Bridgestone es ridículo, según él tú y yo necesitaríamos protección contra un hombre desarmado".

Ambos ya se habían desenvuelto bien en tiroteos, habían ganado competiciones de tiro y entrenaban juntos todas las semanas.

"Antonia, tu hombre desarmado es Lucifer".

"¿Y qué si lo es?"

"Es un inconsciente cabeza de chorlito. Hamilton ya no está vigilado, puede conseguir cualquier arma".

"Yo vigilo mi espalda todos los días", replicó Antonia, pensando en las amenazas de Richard.

"La última víctima de Lucifer tenía seis agentes experimentados para protegerla".

La mujer, testigo en el juicio contra un sicario de Verlengia, se había negado a ser trasladada a un centro de seguridad y a tener escolta en la casa. Los hombres se habían situado fuera de la casa. Lucifer, descendiendo de noche del quinto al tercer piso, había penetrado por una ventana.

"Puedo defenderme".

Kathiuscia apretó los labios, negando con la cabeza.

Continuaron su paseo, llegando a un espacio verde con parterres llenos de plantas. Antonia olió las inflorescencias multicolores antes de sentarse en un banco.

"Tu problema es que te confías demasiado y no actúas de forma prudente y sensata", observó Kathiuscia. "Hamilton es mentalmente inestable, un asesino loco y peligroso. Supongamos que la situación se recrudece esta noche: el apoyo de los agentes será muy útil."

"Tonterías. Son dos contra uno".

"Con la diferencia de que él no tiene reparos y no tiene que someterse a las normas, puede asaltarnos en cualquier momento".

"¿Y si movilizamos también a la Guardia Nacional?", se burló Antonia.

Kathiuscia no se rió.

"Tú eres la imprudente que desafió al Bronx".

Antonia, a los dieciocho años, había ido sola, sin avisar a nadie, a un gimnasio del Bronx para participar en una competición de lucha. Quería poner a prueba sus habilidades y demostrarse a sí misma que no temía a nada. Imaginaba que podrían surgir problemas, pero rechazaba la idea de que una chica no pudiera moverse libremente por la ciudad. Era una cuestión de principios, un desafío a la violencia que había marcado su vida y una prueba de valor. A las once de la noche, cuando llegó a su coche para volver a casa, había sido atacada por tres afroamericanos. Con un puñetazo en la garganta y una potente patada en los testículos había golpeado a dos de ellos; habiendo evitado la puñalada del tercero, había sacado su pistola. El hombre aún había intentado apuñalarla, ella le había disparado en el brazo. Las balas de la acera de enfrente la habían rozado. Se había agachado, abriendo fuego y abatiendo a los intrusos. Uno murió en el acto, el otro sufrió daños permanentes.

Dos años más tarde, un coche intentó atropellarla mientras cruzaba el paso de peatones a la salida de un supermercado. Ella, que se había dado cuenta de que la seguían, había apuntado al conductor mientras se echaba a un lado para evitar ser atropellada. El coche dio un volantazo y chocó contra una farola. En el tiroteo posterior a la colisión, había derribado a los otros asaltantes que habían salido del coche. Eran amigos de aquellos tipos del Bronx, enviados por venganza. Dos muertos y dos heridos graves.

"Era joven, no lo volvería a hacer. Ir a ese gimnasio fue un error. Mis principios son los mismos que entonces, pero entiendo que es estúpido desafiar la violencia del mundo."

"¿Cuándo te enfrentaste en cambio a un ejército?".

Antonia, tras el secuestro del chico al que amaba, había acudido con Giorgio a una fábrica abandonada. Giorgio había matado a cinco criminales; ella a cuatro, hiriendo a otros dos.

"Giorgio y yo seguíamos una pista", mintió para no revelar la visión.

"Te vería mejor como operativo que como perfilador".

"Me gusta investigar el alma humana".

Las dos mujeres salieron de la isla verde, continuando con el ajetreo.

"Anoche hubo otro programa de entrevistas sobre Lucifer. ¿Lo viste?", preguntó Kathiuscia.

"Es una charla inútil".

"Unos expertos discutían el significado del arte de Lucifer".

"Arte mi culo", soltó Antonia. "Lucifer es un cabrón carnicero. Y es una vergüenza que las imágenes de las víctimas sean de dominio público."

"Se filtraron durante el juicio de Hamilton, era inevitable".

"Bordarlo es mezquino".

"Tenemos un asesino en serie suelto que firma con el estigma del satanismo. El mundo entero habla de sus 'composiciones', nunca hemos visto nada igual. Es natural que la gente tenga un interés morboso en esto".

"Lucifer es un megalómano exaltado, un sádico miserable que se aprovecha de chicas indefensas".

"Y tú quieres conocerlo".

"Kathiuscia, créeme, Hamilton no es Lucifer".

"Las primeras cuatro víctimas representan cuadros de su colección. Las tres siguientes, empezando por su mujer, representan cuadros de su libro en el capítulo sobre satanismo y el símbolo de la serpiente. En los dos últimos asesinatos hubo un nuevo cambio: las 'obras' no coincidían con el arte ni con las figuras del libro; Lucifer ha evolucionado, ahora cree que se ha convertido en un artista y 'crea' recurriendo a su propia imaginación enferma".

"Los que de verdad aman el arte no se burlan tanto de él".

"Eso es según tu forma de ver. Por otro lado, uno de los expertos está convencido de que Lucifer expresa su mundo interior de una forma diferente, revolucionaria. Va más allá de cualquier límite imaginable del arte contemporáneo".

"Expongamos sus obras en el MoMA", replicó Antonia en un tono de fustigante ironía.

"Es la opinión de uno de los mayores representantes del arte moderno".

"Una gilipollez inapropiada".

"En teoría podría ser concebible lo que dice", consideró Kathiuscia.

"¿Sí? Entonces Lucifer utiliza su propia sangre y su propio cuerpo", se calentó Antonia.

Cruzaron la calle hasta la estación de metro.

"¿Por qué no vienes?", preguntó Kathiuscia.

"Necesito caminar para aliviar la tensión".

"Esta noche, de un modo u otro, induciré a Hamilton a traicionarse a sí mismo".

"¿Qué vas a hacer?" preguntó Antonia.

"Provocarlo."

"Si intenta matarte, llamaré al equipo Bridgestone", rió mientras se alejaba.

Antonia continuó a paso ligero, pensando en las cuatro primeras víctimas de Lucifer.

En el período previo a la detención de Hamilton, investigadores y expertos se habían devanado los sesos para dar sentido a las pinturas simuladas de los cuerpos de las víctimas: El grito, La chica del turbante, El beso, Guernica. ¿Pretendía el asesino en serie plantear un reto dejando pistas? ¿O significaban algo aquellas macabras composiciones? La cuestión había suscitado un gran interés tanto entre los expertos como entre la gente corriente. Como el Teorema de Fermat, pensó Antonia. Sin resolver desde hacía siglos, había atraído el interés y los intentos de numerosos aficionados debido a la sencilla formulación del enunciado, aunque los matemáticos profesionales habían fracasado ante la compleja solución aportada por Wiles. Los "trabajos" de Lucifer recibieron las más diversas interpretaciones, miles de ellas, pero ninguna se confirmó.

Antonia recordó las imágenes de la segunda víctima. Le habían extirpado el cuero cabelludo en vida, luego le habían envuelto la cabeza en un turbante azul y amarillo como el del cuadro de Vermeer; le habían quitado el ojo derecho y colgado del lóbulo izquierdo a modo de pendiente. La parte del cuerpo por debajo del pecho, la mujer aún viva, había sido serrada para dejar la figura del cuadro.

Un escalofrío recorrió su espina dorsal. La crueldad de Lucifer era inhumana.

La joven, distraída por la llamada entrante, golpeó con el hombro a un hombre hispano de físico poderoso.

"¡Eh!", le espetó aquél en tono y actitud hostiles.

Ella levantó una mano, disculpándose incluso con la expresión de su cara antes de continuar y responder a Giorgio.

"¿Has concertado la cita con el cabrón?" preguntó su hermano.

"Sí, es dentro de quince días".

"¿Cómo lo has conseguido?".

"Gracias a Piontek".

"¿Trajiste al director del FBI?"

"Para levantar las restricciones de la reunión".

"¿Y cómo convenciste al bastardo?"

"Le escribí una carta con un subtexto que sólo él puede entender."

"Cerdo asqueroso."

"Desaparecerá de una vez por todas", siseó ella.

Luego le habló de Hamilton.

"Eso es todo lo que necesitamos", comentó su hermano.

"Un golpe de suerte".

"En efecto", se burló de ella.

"Conozco al hombre más controvertido de todo el país. Una experiencia única, enriquecerá mi conocimiento del alma humana".

"Eso, si fuera Lucifer. ¿Quién sabe lo que pasa por la cabeza de un maníaco que marca sus viles crímenes con una serpiente de cascabel?".

"Hamilton es interesante de todos modos."

"Apuesto a que quieres leer su lenguaje no verbal", se burló de ella, refiriéndose a esta habilidad de su hermana.

"Pensé que te preocuparía" sonrió ella.

"¿Conocerte?", se rió. "Bridgestone no sabe que eres tú quien protege a su equipo de apoyo".

"Vamos, es sólo porque creemos que es inocente".

"Más le vale serlo, contigo. ¿Me equivoco o venciste tú sola a un grupo de cinco oponentes en la última simulación?".

Antonia sonrió. Una de sus especialidades era el tiro rápido; podía efectuar varios disparos seguidos manteniendo una buena puntería.

"Tuve suerte. Sin embargo, también está Kathiuscia, que no es ninguna broma".

"Ella no posee tus ojos ni tus instintos".

La joven aceleró el paso y poco después, en el andén del metro, llamó a su madre.

"¿A qué hora vienes?"

"Lo siento, madre, esta noche no puedo".

"Pero cómo, te estoy haciendo barquitas de arroz al horno con berenjenas".

"Perdóname, no se me ocurrió avisarte antes".

"¿Qué es lo que tienes que hacer que es tan importante?"

"Por fin voy a conocer a Adrian Hamilton".

Hubo unos instantes de silencio.

"¿Hamilton? ¿El famoso asesino en serie?", dejó traslucir su asombro.

"Vamos a cenar juntos".

"¿Tú y él a solas?".

Le explicó.

"De todas formas, ten cuidado", le recomendó Marianne. La chica, a su pesar, se rió para sus adentros.

"No tengo ninguna ambición de interpretar El nacimiento de Venus o La Gioconda", bromeó.

"Eres demasiado fanfarrona".

"¿Teme por su hijo?"

"Si consideraras peligroso este encuentro, me lo habrías ocultado. Entonces, puedo decir por tu voz que te alegras de verle".

"Sí. Estoy convencida de que ha curado a gente".

"Lástima que haya perdido sus poderes", se lamentó Marianne.

Un testigo ocular

Una vez en casa, Antonia encendió su ordenador y abrió la carpeta que contenía los archivos sobre Hamilton. Treinta y seis años, 1,70 m, atlético, ojos verdes y largas pestañas, pelo castaño rizado, rasgos perfectos que combinaban masculinidad y dulzura, labios bien definidos, piel tersa y rostro radiante. En la foto de portada de su página de Facebook, tanto él como su mujer brillaban con una sonrisa que transmitía alegría y amor. Antonia se quedó embelesada por un instante con su mirada: irradiaba positividad y ningún signo de malicia. Estaba acostumbrada a captar detalles significativos en las expresiones faciales, la postura y los gestos de las personas. Sin embargo, tanto en las fotos como en los vídeos, no pudo detectar ningún signo negativo.

Lucifer había atacado a las cuatro primeras mujeres a un ritmo de un asesinato por mes, matando a la esposa de Hamilton en el quinto mes. Adrian e Isabella habían pasado unos días de vacaciones en su villa rodeada de vegetación, lejos del resto del mundo, sin personal. Hamilton había afirmado haber descubierto el cadáver de su mujer en el jardín aquella mañana, al no encontrarla a su lado cuando se despertó.

Un testigo presencial, un conocido periodista que les había seguido con la esperanza de conseguir una primicia, había informado en cambio de que había visto a Hamilton, a través de unos prismáticos nocturnos, rajar el vientre de su mujer, extraerle las entrañas y metérselas en la boca mientras ella se agitaba. Estas declaraciones parecían creíbles, ya que tales detalles no habían sido revelados anteriormente. Otras pruebas encontradas tanto dentro como fuera del chalet condujeron a la detención de Hamilton, confirmada al día siguiente sin fianza ni arresto domiciliario. Los agentes dirigidos por Bridgestone descubrieron una pistola soldadora a pilas enterrada a trescientos metros de la mansión, cuyo terminal reproducía el símbolo de la serpiente de cascabel marcado en las víctimas; en la empuñadura había huellas dactilares de Hamilton, mientras que en la resistencia eléctrica, que se volvía incandescente al apretar el gatillo, había rastros de la piel de Isabella. Junto con el soldador había un par de zapatos de Hamilton, manchados con la sangre de su esposa, y las huellas de las suelas coincidían con las de la persona que había transportado el cadáver de la mujer; en el mismo agujero había también un traje de plástico y guantes manchados con la sangre de la mujer.

A pesar de la insistencia, se negó a Hamilton la asistencia al funeral.

Al principio se pensó que había emulado a Lucifer para atribuirle el asesinato, entre otras cosas porque los cuerpos de las cuatro primeras mujeres, a diferencia de Isabella, habían sido reensamblados de tal forma que simbolizaban cuadros de grandes artistas. Sin embargo, las investigaciones descubrieron elementos que le relacionaban con los otros asesinatos.

El veredicto del juicio parecía más que cantado.

El primer error de la fiscalía, deslumbrada por la creencia de una victoria fácil, fue acusar también a Hamilton de fraude.

De más de dos mil pacientes, sólo cuatro testificaron contra él, y la defensa consiguió desmontar sus declaraciones. El jurado quedó favorablemente impresionado por el hecho de que Hamilton no cobraba a los pobres. Entregaba a cada uno un recibo y estaba al día en el pago de sus impuestos.

El segundo error fue la atribución de los otros asesinatos. El equipo de abogados penalistas e investigadores de Hamilton consiguió desmontar las tesis, demostrando que las pruebas reunidas no permitían apuntar con certeza a la culpabilidad de su cliente, quien, al menos en dos casos, habría carecido del tiempo material para llevar a cabo los crímenes.

Quedaba el asesinato de su esposa, del que había pruebas abrumadoras e irrefutables.

La pareja de investigadores de Hamilton descubrió una cuenta bancaria cifrada en el extranjero, cuyo titular era el periodista. Veinte millones de dólares habían sido ingresados en esa cuenta tres días antes del asesinato mediante una serie de transacciones cuyo origen no pudo determinarse. El periodista, único testigo presencial, murió en un misterioso accidente de coche antes de poder declarar.

El hecho de que no declarara ante el tribunal no habría bastado para evitar la condena. La fiscalía argumentó que el hecho más destacado a tener en cuenta era el extraño accidente del testigo clave, y que la nota de crédito no probaba nada; la corrupción reinaba en ese país, la cuenta podría haber sido abierta por un intermediario falsificando las fechas. Sin embargo, todas las demás pruebas decisivas permanecían intactas, confirmando la culpabilidad más allá de toda duda razonable.

El giro crucial se produjo cuando, sorprendentemente, testificó Ashley Carlsberg, hermana de Isabella.

La villa del drama estaba equipada con cámaras de vigilancia, muy bien camufladas. La fatídica noche, Ashley, secretamente encaprichada de Adrian, se había conectado a las cámaras del dormitorio. Hamilton dormía profundamente, Isabella no estaba allí. Comprobando varias veces durante la noche, la situación había permanecido idéntica. Había pensado que, tal vez como resultado de una discusión, Isabella dormía en otra cama, pero no había tomado medidas para comprobarlo, ni se había conectado a las cámaras exteriores, que, como las demás, filmaban sin grabar. No había hablado antes de ello porque la conmoción por la trágica muerte de su hermana y la vergüenza de sus propios impulsos le habían borrado la memoria, que había aflorado dolorosamente durante las sesiones psiquiátricas de los días anteriores a la declaración ante el tribunal.

En la práctica, teniendo en cuenta el momento, Hamilton no habría tenido la oportunidad material de realizar todas las operaciones relacionadas con el crimen.

La fiscalía intentó por todos los medios desacreditar este testimonio, declarando que la amnesia no era creíble, sometiendo a Ashley a un duro interrogatorio y presionando al psiquiatra, que lo confirmó todo. Las comprobaciones del teléfono móvil y de las conexiones a Internet de Ashley esa noche no condujeron a nada.

La tesis de la defensa, firmemente mantenida desde la vista preliminar, se basaba en la conspiración: alguien pretendía culpar a Hamilton. Las huellas en la herramienta de la serpiente le habrían sido tomadas esa noche, después de haber sido narcotizado. Los abogados de Hamilton habían exigido exámenes toxicológicos y médicos exhaustivos inmediatamente después de la detención. El cadáver de Hamilton presentaba marcas de una inyección intravenosa y rastros de somníferos en la sangre; la hipótesis de la fiscalía de que el acusado se había inyectado a sí mismo no se sostenía: ¿dónde habían ido a parar la jeringuilla y el frasco que contenía la droga? La situación era similar en el caso de la esposa: indicios de una inyección intravenosa y restos de una sustancia capaz de adormecerla dejándola despierta, pero ni jeringuilla ni vial. Además, faltaba cualquier prueba o pista de que Hamilton se hubiera procurado esos productos.

No se había encontrado el arma del crimen: ¿por qué no enterrarla junto con la marca, los zapatos y todo? ¿Dónde había ido a parar la pala que había cavado el hoyo?

También había que considerar un hecho crucial: ¿por qué matar a su mujer, una Carlsberg, sin crear una coartada inatacable? ¿Incluso para cometer el asesinato mientras estaban juntos, solos?

Luego, las declaraciones del periodista: si realmente había presenciado el crimen, ¿por qué no alertar inmediatamente a las autoridades? Su extraña muerte se había producido inmediatamente después del descubrimiento de las cuentas en el extranjero; estaba claro que querían evitar que fuera interrogado.

Por último, la principal prueba física: en el interior del chándal ensangrentado, así como en los guantes y los zapatos, no se había encontrado ningún rastro que pudiera atribuirse a Hamilton: ni una huella dactilar, ni un pelo de tela, ni una célula, nada de nada: la única explicación plausible era que esas ropas se habían puesto encima de un segundo protector de plástico.

La reunión del jurado se prolongó durante días, signo de una gran incertidumbre.

Cuando llegó el momento del veredicto, el aire parecía desprender electricidad.

"Inocente de todos los cargos".

Un rugido de alegría, seguido de interminables aplausos, resonó por encima de las paredes.

La sala estaba abarrotada de partidarios de Hamilton, en su mayoría antiguos pacientes acompañados de amigos y familiares.

Liberado, Hamilton no dijo una sola palabra a la multitud de periodistas y cadenas de televisión.

Se dirigió a la tumba de su esposa en Washington.

Mientras estaba en la capital, Lucifer atacó a poca distancia de sus aposentos.

Lo mismo ocurrió cuando fue a Miami a visitar a sus padres, a Los Ángeles y a Houston.

En Nueva York, con Hamilton vigilado día y noche, Lucifer aún no había hecho presa.

Antonia reflexionó.

Le parecía plausible que Adrian poseyera aquellos poderes y, si era inocente, los hubiera perdido por el trauma sufrido.

El testimonio de Ashley no parecía veraz; al igual que la madre de Kathiuscia, había mentido bajo juramento para ayudar a Adrian.

Sin embargo, Hamilton siempre estaba cerca de los asesinatos de Lucifer, una coincidencia improbable que había convencido a los investigadores de su culpabilidad.

Antonia se inclinaba por la hipótesis de una conspiración, pero no podía descartar con absoluta certeza que sus colegas tuvieran razón. Sus visiones nunca se habían equivocado, y estaba convencida de sus propias conclusiones a favor de la inocencia de Hamilton, apoyadas en un cuidadoso análisis del lenguaje no verbal del hombre. Sin embargo, el marco probatorio parecía indicar lo contrario.

Consideró la posibilidad de que fuera un asesino lúcido y sádico. Una mente maestra capaz de alterar y ocultar pruebas, capaz de actuar con gran sangre fría sostenida por la fuerza de la locura.

Antonia confiaba en su intuición; si Adrián hubiera sido culpable, aquella noche habría captado las señales involuntarias. Su corazón latía con fuerza ante la sola idea de encontrarse con él.

Clayre y Proctor

Tras apagar el ordenador, Antonia se permitió un momento de relax, preparándose un café cargado y acompañándolo con unos bombones Hershey. Saboreó lentamente cada bocado, dejando que el intenso sabor llenara su mente de agradables sensaciones. Luego, decidió sumergirse en el agua tibia de la bañera, dejando que su mente vagara libremente.

Se preguntó por qué existía tanta crueldad en el mundo. Su padre y Ricardo habían herido a sus seres más queridos, mientras que Lucifer torturaba hasta la muerte a doncellas inocentes.

Pero, ¿quién era Lucifer en realidad?

Había estudiado el caso tan a fondo que parecía conocerlo, saber quién se ocultaba tras aquel nombre; sin embargo, cuando intentaba concentrarse en la imagen de aquel hombre, se encontraba con una oscuridad total.

Una vez más, consideró la hipótesis de que el despiadado asesino pudiera ser Hamilton. Los dos crímenes discutidos durante el juicio, en los que no habría tenido tiempo material para actuar, podían explicarse fácilmente: podría haberse servido de cómplices. Con su ayuda, podría haberse deshecho del material que no se encontró en el asesinato de su esposa, sin dejar de dejar pistas como desafío.

Habría sido un caso raro de personalidad compleja: mostraba un comportamiento externo positivo mientras ocultaba en su alma un placer sádico tan intenso que afectaba incluso a sus seres queridos. Un escalofrío recorrió su espina dorsal con sólo pensarlo. Un hombre con un alma tan retorcida representaba un gravísimo peligro, incluso para ella, pudiendo engañarla y luego añadirla a su "colección".

El flujo de pensamientos se vio interrumpido por la llamada de Kathiuscia. El móvil estaba en el suelo, junto a la bañera. Estiró un brazo y contestó con las manos mojadas.

"Voy a recogerte. ¿Estás lista?"

"¿Por qué tanta prisa?"

"Tenemos que discutir un plan para acorralar a Hamilton para que dé un paso en falso. Eres buena con la psicología, puedes ayudarme a atraerlo".

"Kathiuscia, haz lo que quieras pero déjame fuera de esto. Sólo pretendo hablar con él y evitar que metas la pata".

"¿Hablar con él?", se mofó. "¿Te crees Clayre con el doctor Proctor?".

"Buena idea", rió Antonia. "A ver qué me pregunta, puede resultar una entrevista estimulante".

"Cabeza hueca. Te llamaré dentro de media hora", replicó secamente su amiga.

Antonia se puso el albornoz rosa y se secó el pelo con una toalla.

Seleccionó la ropa que se pondría del armario, a juego con un par de zapatos cómodos sin tacón; se arregló como de costumbre sin usar maquillaje. Se peinó para ocultar la cicatriz en forma de cuarto de luna que tenía en la sien derecha.

Se sacó ligeramente la blusa para que sus firmes pechos no llamaran tanto la atención.

La elegante falda negra por encima de la rodilla, que nunca había llevado porque le parecía demasiado provocativa, era un regalo de su madre; la eligió porque, como quería evitar los pantalones, era la prenda que le permitiría mayor libertad de movimientos en caso de necesidad. Al mirarse al espejo, se sintió satisfecha de su aspecto.

Los hombres estaban bien dispuestos hacia las mujeres atractivas; no es que ella pretendiera ejercer la seducción sobre Hamilton, pero un poco de encanto y simpatía la habrían ayudado a ablandarlo, a obtener algunas respuestas, a penetrar en el mundo de una persona sospechosa de crímenes horribles.

Antonia sonrió, recordando la broma de su amiga sobre Clayre y el doctor Proctor. Hamilton, al igual que el doctor Proctor, nunca había querido conocer a nadie antes que a ella. Ambos amaban el arte, la gente inteligente y la belleza. Pero mientras el Dr. Proctor era un monstruo, Antonia esperaba fervientemente que Hamilton no lo fuera. Al menos eso esperaba ella.

Las dos Glock 17 estaban siempre con ella, una especie de consuelo y protección en un mundo tan incierto. Sintió el peso de la responsabilidad sobre ella mientras se aseguraba de que las armas estuvieran bien ocultas bajo su chaqueta de algodón. La segunda pistola y los cargadores de repuesto le infundían confianza, como reservas de valor a las que podía recurrir en caso necesario.

Preparada para partir, sintió un escalofrío en la piel. La ocasión era demasiado importante para no sentirse emocionada. La excitación recorrió todo su cuerpo, alimentando la determinación y la concentración necesarias para afrontar el encuentro que se avecinaba.

Un asunto confidencial

El Presidente de Estados Unidos, David Manoor, había decidido pasar el fin de semana en su residencia personal. Allí paseaba entre árboles aromáticos, hierbas exuberantes y flores de vivos colores, cogido de la mano de Carlotta, su querida hija de 12 años. Los caminos, pulcramente trazados, estaban pavimentados con adoquines redondos de lava, que brillaban al sol con un tono marfil.

"Papá, no debes estar triste", intentó animarle ella con voz suave.

"No estoy triste".

"No tengo miedo a morir", sacudió la cabeza, balanceando la cola de pelo. El padre sintió una punzada bajo el esternón, oscuridad en su mente.

"¿Quién ha dicho que tengas que morir?".

"¿Crees que soy tonta?", hizo una pausa, poniéndose frente a él.

El nudo en su garganta se hizo tan fuerte que le causó dolor. La voz le temblaba.

"Te curarás".

"¿Entonces por qué mamá y tú siempre tenéis esas caras?".

Sonó el móvil.

"Necesito hablar contigo".

"Estoy con Carlotta".

"Lo sé. Te espero en casa".

Manoor llegó hasta su mujer, Eveline Allen, y se recluyó con ella en el salón.

"Tuve noticias hace un rato del doctor Lee", exclamó Eveline con la mirada apagada, apretada contra sus hombros.

"¿Otra vez?"

"Le pedí que evaluara terapias experimentales", explicó la mujer, de pie junto a una escultura de mármol rosa que representaba un caballo sobre sus patas traseras. El rostro de David se convirtió en una máscara de arcilla. Ya sabía la respuesta.

"Carlotta...", la voz de Eveline temblaba, "no sobrevivirá al verano".

Se apartó del piano de cola y se dejó caer en el sofá, apoyándose en el respaldo mientras cerraba los ojos.

"No puedo soportarlo" golpeó los puños, sacudiendo el torso y apretando los dientes "siento que me estoy volviendo loco. He adelgazado mis compromisos, me falta concentración en el trabajo. Estoy pensando en dimitir". Extiende los dedos. "De todas formas, queda poco para que termine mi mandato". Su mujer se acercó, sentándose a su lado mientras le cogía la mano.

"Perjudicarías al partido y al nuevo candidato, a las ideas en las que siempre has creído".

"Pero pasaría el tiempo que le queda con Cloe".

"David, no pienso rendirme. La medicina no puede ayudarnos, intentemos otra cosa". Arrugó la frente y le dirigió una mirada con los labios entrecerrados.

"¿Qué quieres decir?"

La mujer lo miró fijamente, esperando la respuesta.

"Adrian Hamilton". Incluso David, en sus momentos más oscuros de desesperación, había pensado en eso. Se pasó los dedos por el pelo negro.

"Ya no ejerce".

"Podríamos pedirle una excepción".

"Ha perdido sus poderes, suponiendo que alguna vez los tuviera", soltó mordazmente.

"Me curó del tumor".

El rostro de David se contrajo en una máscara de dolor. Primero la enfermedad de Eveline, ahora la de Carlotta. ¿Por qué el destino seguía viniendo en contra de su familia?

"El problema es que no accedí a su petición de asistir al funeral de su esposa. Y usted se negó a testificar".

"Estabas en una situación política delicada. Tu carrera estaba en juego".

"Pero también tu vida y tus sentimientos en un momento de extrema dificultad. Sólo nos interesamos por la gente cuando la necesitamos. Incluso después de la absolución evitamos todo contacto; ni siquiera un mensaje, a pesar de que te curó de una enfermedad incurable."

Su mujer, con la mirada angustiada y los ojos vidriosos, le miró fijamente.

"David, tenemos que intentarlo. Por Carlota".

"¿Me dirijo a Lucifer?", preguntó en tono amargo.

"El tribunal lo absolvió".

"Y los asesinatos continuaron".

"David, sólo debemos preocuparnos por Carlotta."

"¿Tienes idea de lo que pasaría si se supiera que estaba pidiendo ayuda a un criminal?"

"Hamilton sufrió un encarcelamiento injusto. Mataron a su mujer y le negaron un último adiós. Es un mártir, no un asesino".

"Bridgestone piensa lo contrario."

"David, tú y yo le conocíamos bien. ¿De verdad crees que es culpable?"

Se levantó y caminó nerviosamente junto a la mesa, haciendo una pausa para golpear vigorosamente un puño. Al diablo. No le correspondía a él juzgar a Hamilton. Y estaba dispuesto a hacer cualquier cosa por su hija.

"¡Llámalo tú!", invitó su mujer con voz alterada, extendiendo un brazo hacia ella.

Eveline se sonrojó, frotándose nerviosamente el collar de perlas color melocotón.

"Ya lo he intentado", confesó. Su número ya no está activo. Tampoco el correo electrónico de la secretaria. Los abogados y otras personas cercanas a él se niegan a facilitar el contacto, y si forzara la mano cerraría todas las posibilidades; con Hamilton no se puede permitir una acción indebida, ni siquiera por parte de las más altas autoridades. Pasé cuatro días en vanos intentos".

El Presidente telefoneó a Paul Piontek. Le había nombrado director del FBI pocos meses después de jurar su cargo en la Casa Blanca.

"Paul, necesito información".

"Por supuesto, señor."

"Se trata de un asunto clasificado".

"Por supuesto."

"¿Conoces a Adrian Hamilton?"

"¿El sanador? Los oficiales del grupo de trabajo creen que es Lucifer."

"¿Tú también lo crees?"

"No. Creo que es víctima de una conspiración", respondió decidido.

"Necesito su número de teléfono móvil. Y saber si ha curado a alguien últimamente".

"Lo haré".

"Evita cualquier presión sobre él".

"De acuerdo".

"Paul..."

"Dígame, señor."

"Sé que es festivo, pero te agradecería que lo hicieras para hoy".

No entendía muy bien si era una orden o no, pero entendía que era vital, así que tendría que hacerlo cuanto antes.

Adrian Hamilton

Adrian Hamilton, sentado con las piernas estiradas sobre el mullido colchón y la espalda apoyada en las almohadas contra el cabecero, ojeó con nostalgia las fotos de Isabella en su tableta. Contempló con nostalgia su dulce sonrisa y se sintió conmovido; un nudo se le hizo en la garganta, un dolor punzante le cruzó la cara.

Regresó en su mente a cuando se habían conocido diez años antes, a orillas del mar. Isabella estaba allí de vacaciones con unos amigos; uno de ellos, picado por una medusa, se había desplomado en la arena debido a un shock anafiláctico. Adrian había intervenido, improvisándose como médico para ayudar a la chica en apuros; en pocos minutos había resuelto la situación, y luego había desaparecido discretamente. Pero Isabella no le había olvidado y había conseguido localizarle a través de los guardaespaldas, invitándole a cenar. Adrian había declinado cortésmente la invitación, pero al día siguiente, Isabella había vuelto sola a la playa para saber más de él.

Recordó con cariño los maravillosos momentos y los espléndidos años pasados junto a Isabella. Ella le había enseñado a apreciar la vida al aire libre, a esquiar en el agua y en la nieve, a hacer windsurf y, sobre todo, le había enseñado el valor de la felicidad compartida, de los pequeños gestos y de los momentos preciosos pasados juntos.

Isabella había entrado en guerra con sus padres para defender su amor.

Los Carlsberg, accionistas mayoritarios de industrias químicas y farmacéuticas, constituían una de las familias más ricas y poderosas de Estados Unidos. La fortuna de Mike Carlsberg, padre de Isabella, estaba estimada en veintidós mil millones de dólares por Forbes.

A pesar de la tenaz oposición familiar, Isabella se casó con él dos años después. Además de rechazar cualquier acuerdo prenupcial sugerido por sus padres, les desafió redactando un testamento en el que nombraba a su marido único heredero. A pesar de ello, un par de meses más tarde se produjo una reconciliación; sus padres y su hermana se preocupaban demasiado por ella y sufrían por sus diferencias.

Abrió una consulta como curandero. Gracias a los Carlsberg consiguió importantes clientes, entre ellos Eveline Allen, la esposa del presidente de Estados Unidos. Sus honorarios eran variables. A los muy ricos les cobraba millones, a los pobres un dólar, a los demás en proporción a su riqueza.

El año anterior al asesinato de su esposa había ganado doscientos doce millones de dólares; un servicio le había reportado cien millones, otro cincuenta.

La lista de espera para su tratamiento superaba los dos años; las personas con problemas graves o sin asistencia sanitaria tenían prioridad.

El timbre del teléfono móvil interrumpió sus pensamientos. Poca gente tenía el nuevo número. La pantalla señalaba a Ashley.

"Adrian...", le tembló la voz.

Mil recuerdos le asaltaron, su cuerpo vibraba bajo el torrente de emociones.

"Hola. Me alegro de saber de ti".

"¿Cómo estás?"

"Bien. ¿Ha pasado algo?"

Ashley rompió a llorar.

"Papá está muy enfermo".

"¿Qué le pasa?"

"Está en el hospital. Le han hecho todo tipo de pruebas, sin encontrar la causa".

"¿Qué quieres decir?"

"Sé que es una locura. Hemos llamado a consulta a los mejores especialistas, pero..." intervino entre sollozos "Adrián... cada día lo veo peor... siento que se va a morir."

"¿Qué síntomas está experimentando?"

"Hasta la semana pasada estaba bien. Luego, durante una fiesta, empezó a sentirse cansado, cada vez más, y ahora le cuesta mantenerse en pie."

"Extraño. ¿Qué muestran las pruebas?"

"Nada. Están perfectas".

"¿Cómo que nada?"

"Los médicos no pueden explicarlo".

"Eso es absurdo, algo tiene que aparecer".

"Adrián..." el tono se volvió suplicante "ayúdanos".

Cerró los ojos.

"Lo haría con todo mi corazón, pero no me queda ninguno de esos poderes".

"Mamá dijo que Isabella, desde el cielo, estaría feliz si salvabas a su padre. Ya sabes lo unidos que estaban. Tienes que hacer esto por Isabella. Piensa en ella, en lo mucho que te quería, y encontrarás la fuerza para volver como antes".

Los ojos de Adrian enrojecieron, vidriosos por las lágrimas.

"Lo siento mucho, pero no creo que eso sea posible".

"A papá sólo le quedan unos días de vida. Debes intentarlo, ahora".

Adrian sintió que la impotencia le drenaba la energía. Por un momento la cabeza le dio vueltas.

"Está ingresado en el George Washington. Llámame primero, porque Jacob podría traer problemas".

"Ashley..."

Ella estalló en un ataque de sollozos.

"No..." sollozó, "no digas nada. Déjanos tener esperanza. Isabella te ayudará. Adiós..."

"Adiós.

Adrian sintió que se le cortaba la respiración. Movió las almohadas y se dejó caer en la cama, permitiéndose un suave llanto.

No podía hacer nada por el padre de Isabella. No podía ayudar a nadie.

Unos veinte minutos después, postrado y agotado por el esfuerzo, se quedó dormido.

Estaban en una playa de arena rosada, entre palmeras, grandes amapolas y hierbas altas, mientras las olas rompían suavemente. Isabella, sonriente, caminaba descalza hacia él.

"Papá te necesita".

"Amor, he perdido mis poderes".

"No los has perdido. Están dentro de ti".

"Ya no los poseo. Quieren arrestarme".

"Kathiuscia no lo permitirá."

Despierto de golpe, Adrian se encontró aún inmerso en el vívido recuerdo del sueño que acababa de experimentar. Hacía tiempo que no soñaba con ella, y la sorpresa de volver a verla le produjo una repentina sensación de felicidad. Isabella, radiante como siempre, había traído consigo un mensaje que le apretó el estómago.

Papá te necesita.

Una repentina ansiedad le asaltó.

Se miró la palma de la mano izquierda, intentando ver en su interior, pero por supuesto no ocurrió nada. Sólo era un sueño, no podía hacerse realidad. Sin embargo, la sensación de peligro inminente no le abandonó. El miedo a ser detenido le asaltó, aunque en el sueño había confundido tiempos y situaciones. Kathiuscia no lo permitirá, se dijo a sí mismo. El recuerdo de las palabras de la dama en el parque pasó por su mente. Sí, Kathiuscia había mencionado a su hija trabajando para el FBI. Y también estaba ese nombre, Antonia, mencionado por ambas.

De repente se dio cuenta de que llegaba tarde a cenar. La perspectiva de afrontar la velada se le hacía cada vez más difícil de soportar.

La marca de reconocimiento

Kathiuscia, al volante de su Skoda Fabia verde, se dirigía a casa de su madre. Antonia, sentada a su lado, reflexionaba sobre la situación. Varias veces había intentado hablar con Hamilton, pero sin éxito. Tenía abogados muy competentes e investigadores especialmente hábiles. Tras ser exonerado, había amenazado con emprender acciones legales contra cualquiera que le persiguiera y había rechazado todo contacto.

Ahora, la perspectiva de reunirse con él para cenar le parecía casi irreal a Antonia. Mirarle a los ojos, hablar con él: era una posibilidad que le parecía tan cercana y, sin embargo, tan difícil de imaginar. Una tormenta de emociones le agitó la sangre, haciendo que un escalofrío recorriera su piel.

El móvil de Kathiuscia sonó y ella pulsó el botón del volante para aceptar la llamada.

"Nicolas Bridgestone".

"Adelante, señor".

"Confirmo su cobertura. Dos coches y ocho hombres dirigidos por Martínez. Tras la llegada de Hamilton se acercarán desde distintas direcciones hasta donde puedan. Un toque e intervendrán en menos de un minuto".

"Gracias."

"Necesito el número del móvil de Hamilton".

"El agente Rossetti lo tiene. Está a mi lado; la conversación es por altavoz, estoy conduciendo".

"Agente Rossetti, envíeme ese número."

"Ya no pertenezco a su unidad, dé las órdenes a sus hombres."

"Te voy a meter en la cárcel."

"Está hablando en presencia de un testigo. Explicarás en el tribunal por qué me amenazaste".

"¡Mierda, Rossetti, somos el FBI, por el amor de Dios!"

"Razón de más para respetar las leyes."

"¿Qué quiere a cambio del número?"

"Pertenece a mi esfera privada. He establecido contacto con Hamilton, no permitiré que interfieras".

Siguió un largo silencio.

"Bien", la voz de Bridgestone sonó áspera. "Veremos cuál será la opinión del comité disciplinario", interrumpió la llamada.

Kathiuscia preguntó a su amiga por qué había actuado así.

"Es un gilipollas. ¿Crees que nos encontraríamos con Hamilton esta noche si hubiera utilizado sus brillantes métodos? Además, como ya te he dicho antes, no me gusta Bridgestone. Esos movimientos bruscos de espalda, la postura, la mirada, los tics, los manierismos. Hay algo extraño en él, como si ocultara algo".

"No se puede juzgar a una persona basándose en estos elementos".

"El lenguaje no verbal revela mucho sobre una persona. Para ti representa un mito, para mí es un ser baboso".

"Bridgestone tiene conexiones poderosas y de alto rango. Te arriesgas a ser despedido".

"¿Por qué motivos? Aparte de no incumplir mis obligaciones, he conseguido que usted, miembro de su equipo, pueda reunirse con el sospechoso".

"Antonia, es la enésima vez que le desafías. Querrá vengarse, afirmar su posición de superioridad".

"¿Quieres decirme", sonrió burlona, "que el héroe del FBI, el símbolo de la lucha contra el crimen, jugará sucio?".

Kathiuscia negó con la cabeza.

"Si pierdes el trabajo, puedo preguntarle a mi padre si te contrata como asesora para sus thrillers", bromeó. "Además, imaginación no te falta".

Mientras Kathiuscia aparcaba, sonó el móvil de Antonia. Paul Piontek, el director del FBI.

"Buenas tardes, señor".

"Hola Antonia. ¿Puedo pedirte un favor?"

"Por supuesto."

"Necesito el número de Hamilton".

La joven no dudó. Piontek se había desvivido por ayudarla a ella y a su familia.

"No hay problema."

"¿Puede confirmar que van a cenar juntos?"

"Sí."

"¿Curó a alguien después del juicio?"

"No tengo información al respecto".

"Le agradecería que lo averiguara".

"Intentaré preguntarle".

"Gracias. Como siempre, cuenta conmigo para lo que sea".

Kathiuscia miró fijamente a su amiga.

"¿Se ha puesto Bridgestone en contacto con el jefe del FBI?".

"Por supuesto que no", Antonia extendió sus afilados dedos. "Por supuesto que la petición vino de Piontek".

"¿Y por qué ese interés?"

"¿Le sugiere algo la pregunta sobre las curaciones recientes?".

Kathiuscia adoptó una expresión pensativa; respondió al cabo de un rato.

"Alguien de arriba necesita un milagro y está esperando al diablo. Pero eso no me importa. Hamilton torturó horriblemente a nueve mujeres jóvenes; debe pagar caro sus crímenes, y juro que lo hará".

Al entrar en la casa, encontraron a Jennifer retorciéndose en un sillón, con aspecto de acabar de sufrir un grave duelo.

"Mamá, ¿qué ha pasado?"

"Hamilton no va a venir".

"¿Por qué?"

"Dijo que le había surgido algo. Le insistí en todo, no había manera de hacerle cambiar de opinión".

Antonia telefoneó a Hamilton. La línea estaba libre, pero él no contestó. Le envió un mensaje.

Estimado Sr. Hamilton, ¿puede darme un minuto? Le llamaré dentro de un rato. Gracias, Sr. Hamilton. Antonia Rossetti.

"Eres una ingenua", susurró Kathiuscia, apartándola. "Estaba apuntando a mi madre, con nosotros en la forma en que el plan se sopla. "

"No cuesta nada intentarlo".

"Si te pones en su camino, puede que te dé".

"Le advertiré que no me gustan los tatuajes en la espalda" arrulló.

"Antonia, Hamilton es muy peligroso".

Alargó la mano hacia su smartphone, pero el aparato emitió un trino antes de que pudiera gritar.

"Aquí Hamilton".

Antonia se dirigió a otra habitación, seguida por su colega.

"La señora Helmett me ha dicho que no va a venir, pero me gustaría mucho conocerla", cargó su voz con vibraciones suasivas.

"Me ha llamado el director del FBI. ¿Cómo ha conseguido mi número?".

Antonia le explicó que se había negado a dárselo a Bridgestone. Piontek se había desvivido para que ella y Giorgio fueran contratados en el FBI, estaba en deuda con él.

"¿Por qué te ayudó?"

La joven reflexionó sobre la importancia de la respuesta. Ser vaga o mostrarse reticente habría creado una barrera.

"Mi padre cumple cadena perpetua, mi otro hermano es un delincuente. Las credenciales de la familia eran malas, sin su apoyo no nos habrían cogido".

"¿Cuál es la relación entre usted y Piontek?".

La vacilación fue breve.

"Cuando tenía doce años denuncié a mi padre. Piontek se tomó el asunto muy a pecho".

Siguió un silencio. La joven imaginó que Hamilton estaba sopesando la decisión a tomar.

"Muy bien, Antonia", se oyó un suspiro. "Iré en breve para reunirme con una de las diez personas que creen que soy inocente". El tono, supuso, intentaba transmitir una sonrisa.

Kathiuscia había logrado escuchar la conversación.

"¿Le estás contando tus asuntos a un asesino? ¿Con esa voz cursi?".

"¿Qué voz?"

"Como si pretendieras seducirle. Joder, Antonia, ¡carnicería viva a las mujeres!".

"¿Prefieres que le vuelva a llamar y le diga que no venga?".

Kathiuscia se mordió el labio mientras apretaba los puños.

"Vale. Quiero ver de qué está hecho cuando no está tratando con víctimas indefensas. Le daré una lección que recordará de por vida".

"Es un invitado aquí, no puedes tocarlo".

"Con mucho gusto le partiría su cara de idiota. Le destrozaré verbalmente".

"Jennifer se lo tomará mal".

"Hamilton nunca suelta una presa. Se cree Dios. Desafiará al FBI otra vez, intentando matar a mi madre delante de nuestras narices". Su cuerpo vibró mientras sus músculos se tensaban. "No se lo permitiré, pase lo que pase".

Antonia no replicó. Su opinión era otra, pero por si acaso estaba equivocada, no pensaba poner en peligro la vida de la madre de Kathiuscia.

Jennifer, al conocer la noticia, abrazó fuertemente a Antonia. Luego, casi saltando, se acercó al espejo en forma de manzana y se ajustó su collar de gemas multicolores. Se pintó los labios de papaya, se puso rímel y se delineó los ojos.

Poco antes de las ocho, llegaron tres ramos de flores. Orquídeas para Jennifer, rosas para Kathiuscia y calas para Antonia.

"¡Dios, qué maravilla!", se emocionó Jennifer, arreglando las orquídeas en un jarrón de cristal con artísticas vetas doradas.

Kathiuscia permaneció en silencio, absorta. Después de teclear en su smartphone, se recluyó con su amiga.

"Antonia, Hamilton ha cambiado de objetivo".

"¿Qué significa?"

"La próxima víctima eres tú".

"¿Te lo ha dicho?", se burló Antonia.

"Las calas. Te envió las flores de las novias."

"Según tú, yo soy la que tiene vuelos de fantasía. ¿Qué tienen que ver las calas?"

"A Lucifer le encanta el simbolismo, como demuestra la marca de la serpiente de cascabel y los truculentos arreglos que hace con las víctimas, a los que sin duda atribuye un significado, aunque aún no hemos descubierto cuál es." La acompañó de las flores. "Los lirios de cala son plantas venenosas. Y mira las espádulas amarillas", las señaló, "dentro de las espatas blancas. ¿Qué te sugieren?"

"Que bebes cosas fuertes en secreto. O que te drogues".

"Estaban en uno de los libros incautados a Hamilton. La víctima del ritual satánico era una joven novia, empalada en una cala de madera con estos colores".

Antonia recordó la imagen.

"Sería un descaro".

"Es su estilo. Esta noche va a burlarte proponiéndote una nueva cita. Imagino que habrá elaborado un plan para matarte sin que te culpen".

"Puedo defenderme".

"No lo entiendes. Hamilton es un genio del mal, te atacará cuando bajes la guardia".

"He vivido en peligro. No es Lucifer, pero aunque lo fuera, no le temo".

"Créeme, se las ingeniará para convencerte de que vayas con él. Esta misma noche, es un tipo que no pierde el tiempo. Te atraerá con una treta capaz de burlar tus defensas. Júrame que no le seguirás por ningún motivo del mundo'. Antonia consideró la hipótesis de su amiga. Por muy inteligente que fuera, no veía cómo Hamilton podía convencerla de que le siguiera después de cenar. Aparte de eso, era inocente.

"Kathiuscia, entiendo tu punto de vista, pero el mío es diferente. Adrian es una persona interesante, me gustaría conocerlo mejor".

"Adrian. Ahora Lucifer se ha convertido en Adrian. ¿Le sonreirás mientras te destroza?".

"Le explicaré que estoy mal ensamblada en una escultura artística, y que el empalamiento no forma parte de mis fantasías eróticas".

"¡Perra!" Kathiuscia le propinó un fuerte golpe en la espalda. "¿De qué te ríes?", la miró con resentimiento.

En libertad condicional

Antonia observó divertida cómo Jennifer Helmett relataba la tarde que había pasado acicalándose, probándose ropa y zapatos, considerando cuidadosamente las combinaciones. El relato de Jennifer la hizo sonreír, apreciando su energía y entusiasmo en los preparativos para la velada.

Cuando Hamilton llamó al timbre, Jennifer corrió a recibirle con una sonrisa radiante, transmitiendo todo su entusiasmo y alegría mientras le acompañaba al comedor.

"Mi hija Kathiuscia", le presentó.

Hamilton le tendió la mano; Kathiuscia se quedó inmóvil mirándole, entrecerrando las rendijas de sus párpados.

"¿Tienes miedo de Lucifer?", pareció divertirse.

Jennifer, de rostro violáceo, lanzó a su hija una mirada de lava incandescente.

Antonia se dio cuenta de que Adrian se había afeitado; llevaba unos pantalones azules deslavados con un cinturón de cuero tejido y una camisa blanca de chambray. Ligeramente más alto que ella, poseía un cuerpo tonificado y una mirada magnética.

Se acercó a él con una sonrisa, tendiéndole la mano, que él estrechó con transporte.

Algo sucedió.

Antonia sintió que un calor ascendía desde sus dedos hasta su brazo, extendiéndose, calentando su mente. Se le apareció la imagen de Adrian Hamilton mirando a través de su cuerpo la columna vertebral de un niño de rasgos afroamericanos que tenía paralizadas las piernas, actuando sobre las heridas y reparándolas. Luego vio al niño de pie, como si estuviera a su lado, mientras la madre lloraba a lágrima viva.

La escena se desvaneció lentamente.

La joven no apartó los ojos de los de Adrián. Notó que su rostro se coloreaba, cada vez más; intuyó que a él también le pasaba algo. Sus manos permanecían juntas, entrelazadas. Se dio cuenta de que su amiga y su madre las habían mirado boquiabiertas. Abandonó con elegancia la mano de Adrian y le invitó a sentarse. Ella se sentó junto a él, a su derecha; Kathiuscia y su madre al otro lado de la mesa, Jennifer frente a Hamilton.

La pared de la derecha consistía en un único panel de cristal, más allá del cual se veían árboles y macetas acariciados por los últimos destellos del día. El tablero de la mesa también era de cristal, colocado sobre un marco de madera compuesto por palos que se extendían desde la base. Un mantel adornado con bordados cubría la transparencia del cristal. Las sillas destacaban por su diseño asimétrico y los vivos colores de la tapicería.

Ezra, un gigante de ébano de unos cincuenta años, impecablemente vestido con librea de marfil y oro, servía gambas fritas.

"El menú me lo sugirió Antonia", coqueteó Jennifer, ajustándose los tirantes de su escotado vestido que dejaba entrever sus pechos. "Ezra" le señaló "era un mago a la hora de encontrar pescado fresco un domingo" sonrió. "Siempre sabe dónde buscar".

"Buena elección, me encanta el pescado".

Antonia le dirigió una mirada brillante.

"Adrián, ¿puedo hacerte una pregunta sobre uno de tus pacientes?".

"Dígame".

"Un niño negro, de unos seis años, paralítico".

"¿Luis Jackson?"

"Sí", confirmó ella sin saber su nombre.

"¿Qué quiere saber?".

Antonia mantuvo una mirada intensa.

"Todo, por favor".

"Su padrastro le había dado una patada en la espalda que le fracturó las vértebras. Nunca volvería a caminar. Ahora juega al béisbol".

"¿Cómo lo curaste?"

"Reparé la lesión".

Kathiuscia golpeó la mesa con el puño sujetando el tenedor.

"¿Eres médico?"

"No."

"Entonces abusaste de la profesión médica".

Jennifer se revolvió, haciendo una mueca de dolor.

"¿Cómo te atreves?", atacó su hija.

Adrian sonrió.

"No te preocupes, Jennifer. Déjala hablar".

El hombre desvió la mirada hacia Kathiuscia.

"¿Te gustaría arrestarme?", le dirigió una sonrisa divertida.

"Me encantaría".

"Tu madre dijo que eras un buen oficial. Ya que insistes en seguir la pista equivocada, permíteme que lo ponga en duda".

Kathiuscia, con la cara roja, tecleó en su smartphone. Antonia imaginó que se conectaba a la base de datos.

Jennifer se ajustó los pendientes, colgantes de oro rosa con diamantes.

"Señor Hamilton, mi hija está estresada por su estúpido trabajo. Pierde el sentido de la proporción hasta la locura, igual que su padre. Hace unos años, tres hombres armados con fusiles de asalto irrumpieron en un local donde se celebraba un concierto. Ella, que caminaba por la acera de enfrente, los vio entrar; podría haberse quedado donde estaba y avisar a la policía. En lugar de ello, entró corriendo, armada únicamente con una pistola, y se enfrentó a ellos, recibiendo tres balazos. Está viva de milagro, después de cinco horas en el quirófano y un mes en el hospital entre mil sufrimientos. ¿Te parece normal desperdiciar así tu vida? ¿Por un sueldo de hambre?"

"¡Ah, fue ella! Recuerdo el incidente, ella mató a los terroristas que habían empezado a disparar, seis muertos y trece heridos. Tu hija salvó docenas de vidas, es una heroína. Debes estar orgullosa, Jennifer".

"¡Oh, gracias!" la mujer se enderezó en su silla con una sonrisa.

Adrian se volvió hacia Kathiuscia.

"Enhorabuena, has sido valiente y muy buena. Una pistola está en desventaja contra tres armas automáticas", sonrió.

"No me encandilas con tus halagos", frunció el ceño Kathiuscia, apoyando su smartphone junto a la bandeja de langostinos. "Le pagó cien mil dólares a la madre de Luis".

Adrián colocó el tenedor sobre el plato de hojas con garabatos dorados y se inclinó hacia ella.

"¿Aunque lo hiciera?".

"Le pagó para mantener su pequeña historia".

Sonrió, mostrando unos dientes blancos y perfectos.

"Cree lo que quieras".

"Cuéntenos entonces cómo es".

"No. Es un asunto privado".

Antonia reflexionó. Adrián, como predijo su amiga, se había presentado elegante y pulcro, enviando flores. En lugar de traje y corbata, más adecuado para impresionar a Jennifer, vestía informal, como para acortar distancias con la joven a la que había enviado las calas. Ahora aparecía un posible soborno.

¿Podría ser que se hubiera equivocado con Hamilton?

Siguió reflexionando. Lucifer sólo afectaba a mujeres jóvenes, como las descritas en el libro. Jennifer podría haber sido el gancho para llegar a Kathiuscia.

Hamilton-Lucifer había cambiado entonces de objetivo; eliminar a quienes cuestionaban sus obras maestras se había convertido en un imperativo, sobre todo después de que las circunstancias le hubieran llevado a conocer al perfilador que mantenía su inocencia. Lo que explicaba bien por qué había aceptado cenar con dos agentes del FBI.

Escrutó a Adrian. Destilaba dulzura por su rostro, su lenguaje corporal mostraba un carácter fuerte pero un alma gentil, sus maravillosos dedos no podrían haber cometido aquellos horrendos crímenes.

Estiró una mano para tocar la de él, esperando una nueva visión, pero bloqueó el movimiento. Su corazón latió más rápido, aquel gesto podría haber sido malinterpretado.

Adrián apenas desvió la mirada, como si percibiera el intento con el rabillo del ojo.

Antonia retiró el brazo, apoyándolo en su propia pierna.

Cogió la botella y la colocó junto a la copa.

"¿Me permite?", le preguntó.

La joven, ruborizada, asintió. No había esperado aquel gesto de cortesía; Esdras sirvió el vino.

Kathiuscia asintió al camarero, pidiendo otro pastel de patatas y pulpo. Bebió un sorbo de Chardonnay.

"Señor Hamilton, espero su explicación".

Antonia, como impulsada por una voluntad inconsciente, rozó la mano de Hamilton para insinuarle que el dedo de vino servido era suficiente para ella.

Un contacto leve, un instante breve, que sin embargo le provocó una nueva oleada de calor y un flash: la madre de Luis lloraba mientras comprobaba el crédito de su cuenta bancaria.

Notó la mirada preocupada de Adrián; a él, como antes, parecía haberle pasado algo.

Decidió indagar en el asunto planteado por su amigo. "¿Puedes contestarle, por favor?", le preguntó a Hamilton en tono amable.

La expresión de su rostro reveló reticencia; tras una pausa de reflexión, oscura y tensa, Adrián se dirigió a Kathiuscia con voz que expresaba contrariedad.

"La madre de Luis había sido despedida como consecuencia de las ausencias al trabajo por lo sucedido a su hijo. Su marido iba a cumplir diez años de cárcel. Necesitaba que le echaran una mano, yo la ayudé".

"¿Se lo pidió la señora?", preguntó Kathiuscia con una media sonrisa burlona.

"No".

"Así que es usted un benefactor".

Levantó los hombros.

"Para mí fue una miseria".

"Pediste un dólar por tu... actuación", insistió en tono irónico.

"Sí."

"Y le dio cien mil por inventar la parálisis de su hijo. Una jugada hábil e ingeniosa que le habría venido muy bien en un eventual juicio".

Adrian la miró fijamente, frunciendo el ceño.

"¿He dado en el clavo, señor Hamilton?".

No contestó. Desviando la mirada, tomó otra cucharada de los pequeños calamares fritos.

"¿Y bien?", insistió Kathiuscia.

"Su conjetura fue respondida por usted mismo".

"¿Lo confirma?"

"No".

"Kathiuscia, creo que puede ser suficiente" intervino Antonia.

"Yo también lo digo" Jennifer utilizó un tono duro. "No toleraré más este comportamiento" amenazó su hija.

Sonó el móvil y Antonia contestó.

"¿Vas a cenar con Hamilton?".

"Sí, señor".

"¿Puedes pasarle el teléfono?".

Antonia le pasó el móvil a Adrián.

"¿Quién es?", preguntó.

"El director del FBI".

"Ya he dicho que no pienso hablar con nadie".

"Por favor", suavizó su tono.

Parecía inseguro, con la mente en otra parte. Suspiró antes de acceder.

"Sr. Hamilton, el Presidente desea hablar con usted".

"No tenemos nada que decirnos".

"Por favor."

"Lo siento. Buenas noches", interrumpió la comunicación.

Antonia volvió a contestar la llamada.

"¿Puedes decirle a Hamilton que hable con el presidente?".

"¿Con quién?"

"Con David Manoor, el presidente de los Estados Unidos" el tono sonaba solemne.

Ella contuvo la respiración, tragando saliva. Dejó la línea abierta, sopesando sus opciones. Lo mejor parecía ser preguntarle mientras le tocaba, ya que algo le ocurría durante el contacto. Era un gesto sencillo, mundano, pero su corazón latía con fuerza; por un lado le daba vergüenza utilizar aquel recurso, por otro Hamilton podría enfadarse o meterle algo en la cabeza. Sintió que se le enrojecía la cara. Adrian la miró, dándole la impresión de que comprendía la situación.

"¿Quieres que acepte la conversación con Manoor?", sonrió.

Ella inhaló, sintiendo alivio y gratitud.

"Por favor".

Jennifer se removió inquieta en su silla, coloreando su rostro.

Adrian extendió una mano con la palma hacia arriba, Antonia apoyó su smartphone en ella.

"Hamilton".

"Le paso con el Presidente". Unos segundos más tarde, Manoor estaba en la línea.

"Hola Adrian".

"¿Cuál es el problema?"

"Mi hija tiene leucemia incurable."

"¿Carlotta?"

"Sí. Le queda muy poco tiempo de vida."

"Lo siento mucho, David. Carlotta es un encanto, no se merece esto".

"¿Puedes ayudarla?"

"Desafortunadamente, he perdido mis poderes."

"¿Hay alguna manera de recuperarlos?"

"Si la hay, me pondré en contacto contigo".

"Puede preguntarme cualquier cosa" el tono transmitía aprensión. Hamilton pareció reflexionar "De acuerdo. Quiero que conceda el indulto inmediato al preso Abigaíl Telles".

"¿Quién sería?"

"Fue condenado a siete años de prisión por defender a un afroamericano al que dos agentes estaban dando una paliza. Ya ha cumplido un par de ellos".

"Puedo conseguirle la libertad condicional".

"Muy amable por tu parte. Puedes pedirme lo que quieras. Entonces decide tú en su lugar".

"De acuerdo, obtendrá el indulto."

"Quiero que esté libre mañana mismo". Se hizo el silencio. Hamilton esperó.

"Muy bien", Manoor finalmente suspiró.

"Si eso no ocurre, evite seguir en contacto conmigo. Mientras tanto, envíame tu número directo y dile a Piontek que siga mis directrices".

"Hay una investigación en curso sobre ti".

"Tú me conoces. No te avergoncé cuando estaba en prisión, ¿crees que lo haría como hombre libre? Decide como te parezca. Adiós."

Nuevas sensaciones

Kathiuscia, inmóvil como una estatua, permanecía con los ojos muy abiertos, observando atentamente la escena que tenía delante. Su expresión impasible ocultaba un torbellino de emociones.

"¿El presidente... David Manoor?", preguntó entonces.

Jennifer volvió a agitarse.

"¡Dios mío! El presidente de los Estados Unidos".

Hamilton permaneció en silencio.

Antonia había escuchado la conversación; el audio del teléfono móvil era alto. La petición del Presidente confirmaba los rumores de que Adrian había curado a la primera dama y, en consecuencia, que realmente poseía esas habilidades.

Se preguntó si, cuando se habían tocado, él había recuperado, como ella, sus poderes perdidos. De ser así -sintió que la sangre se le subía a la cabeza y que el estómago le fibrilaba-, ¿podría Hamilton haber ayudado a su madre?

Se le agitó la respiración; tenía que saber más. Pero, ¿cómo proceder evitando comportamientos estúpidos?

Se le ocurrió que, en el testimonio del juicio, alguien había mencionado la psicoquinesis.

Decidió atreverse.

Le envió un mensaje con su teléfono móvil: ¿Podrías por favor mover el vino en el vaso de Kathiuscia?

Él lo leyó. Miró rápidamente a Antonia y luego pareció considerar la petición. Finalmente se quedó mirando el vaso durante un buen rato.

No ocurrió nada.

"¿Te gusta mi vestido?" pinchó Kathiuscia, refiriéndose a la mirada en su dirección.

Adrián no contestó. Su rostro, absorto, se coloreó.

"Mi hija tiene buen gusto para vestirse", sonrió Jennifer. "Se lo regalé por su cumpleaños, lo elegimos juntas. Muy bonito ese tejido de hilos de colores encima de las copas de los pechos, ¿no crees?".

"Sí, muy bonito".

Hamilton, sin desviar la atención, puso una mano sobre la de Antonia.

Ella se ruborizó; esta vez no de calor y visión, sino con la agradable sensación de una caricia. Con el corazón latiéndole más deprisa, decidió no rehuir aquel contacto.

Unos instantes después, el líquido ambarino comenzó a arremolinarse. En silencio, todos los ojos siguieron su movimiento.

Antonia comprendió. El contacto físico, por alguna razón, restauró las habilidades de Hamilton. ¿Se trataba de una recuperación temporal? ¿Parcial? Sintió que se le aceleraba la respiración. La lesión de la niña parecía más extensa que la de la madre, y afectaba a la médula ósea. Adrian podía curar a Marianne, un sofoco la envolvió, excitando su mente.

La joven, incapaz de contenerse más allá del deseo de saber, cada célula de su cuerpo en ebullición, decidió aventurarse a una prueba más compleja.

"Bonito ese avión", señaló el modelo en el mueble de enfrente, dirigiendo a Adrián un gesto de comprensión con la mirada.

Él negó con la cabeza.

"Creo que podría ser suficiente", indicó con un movimiento de cabeza la copa de Kathiuscia.

Antonia apretó los labios, coloreando su rostro. El hilado del vino había sido prodigioso, pero ella deseaba comprender mejor la situación, llevarla más allá del límite de cualquier duda. Había demasiado en juego. ¿Cómo convencerle? ¿Podría aprovechar el supuesto beneficio del contacto físico?

"Adrian, creo que podría ser útil", empleó un tono de voz suave, rayano en la sensualidad.

Él pareció reflexionar. Tras una breve pausa, asintió y miró a la modelo con intensidad.

El adorno permaneció donde estaba.

Kathiuscia y Jennifer se dieron la vuelta, permaneciendo en silencio como a la espera de un nuevo fenómeno.

Antonia dedujo que el efecto del contacto era transitorio. Tenía que saber si existía la posibilidad real de reactivar sus poderes. Venciendo las reticencias, rozó su pierna con la suya. El contacto, en contra de todas las expectativas, generó sensaciones no deseadas en su ingle y un rubor de extraño placer en todo su cuerpo.

Hamilton mantuvo la mirada fija en el objeto; parecía concentrado en el esfuerzo, pero no ocurrió nada.

Ella, todavía agitada por las sensaciones que seguían fluyendo por su cabeza, consideró que tal vez la tela de sus pantalones era una barrera. Era una especulación, pero averiguarlo era de suma importancia: en su interior, la joven alimentaba la esperanza de ayudar a su madre. Sonrojada, con la respiración acelerada, colocó una mano sobre la de él, acariciándola suavemente. El nuevo contacto despertó en ella un estremecimiento de deseo.

El pequeño avión de cristal dio dos vueltas sobre sí mismo, luego se elevó en el aire, giró en espiral alrededor de la mesa y aterrizó verticalmente en su centro.

"¿Qué está pasando?", preguntó Kathiuscia, mirando a su alrededor.

Jennifer se iluminó, los demás se callaron.

"¿Esto es obra tuya?" preguntó Kathiuscia a Hamilton, inquieta.

"¿Cómo podría?" ella levantó una ceja, conteniendo una sonrisa.

"Ha preparado trucos para impresionarnos", se sonrojó, mirándole de reojo.

Él se limitó a extender las manos.

"Pero Matthaeus los habría descubierto", le señaló Kathiuscia. "Por eso no aceptó tu desafío".

"Cristian Matthaeus es un gran mago, le reconozco el mérito. En mi opinión el más inteligente de todos los tiempos".

"En efecto. Dispuesto a pagar un millón de dólares por cualquier fenómeno paranormal producido en su presencia". Cuando declinó la propuesta, hubo un crescendo de ofertas añadidas por mucha gente, hasta superar los setenta millones y subiendo. El dinero depositado en una cuenta sería suyo a cambio de una demostración ante Matthaeus. Ya no podía justificar la negativa, le habría costado demasiado en términos de credibilidad. Así que decidió matar a su mujer por herencia...".

Hamilton dio una palmada sobre la mesa, inclinándose hacia ella, con el rostro transformado.

"¡No vuelvas a mencionar a mi mujer!".

"¿Te quema que te recuerde lo que hiciste?", le desafió ella.

Adrian agarró la mano de Antonia, permaneciendo sentado. El vaso de Kathiuscia se rompió en mil pedazos, el vino salpicó su ropa, inundando su cara.

En un instante, Kathiuscia desenfundó su pistola.

Su brazo se trabó antes de que pudiera apuntar, sus dedos se abrieron, el arma se precipitó al suelo con estrépito, salpicando.

Con el otro brazo, Kathiuscia se volvió hacia Antonia y dejó claro que no podía hablar y que el resto de su cuerpo estaba paralizado.

"Sr. Hamilton", suplicó Jennifer, "perdónela, es más testaruda que su padre. Por favor, haga esto por mí".

Antonia le susurró al oído.

"Suéltela".

Adrian volvió a cogerle la mano, acariciándola con los dedos, y dirigió su mirada a Kathiuscia, largamente.

La situación no cambió.

"Estoy agitada, no puedo", susurró Antonia.

La joven consideró la situación. Ahora estaba segura de que el contacto físico le devolvía a Adrian sus poderes. Tenía que ayudarle a salvar a su amiga, que jadeaba ostensiblemente.

Su respiración se aceleró.

Le puso la mano en el abdomen y la giró suavemente, esperando que la tela de la camisa no fuera un obstáculo.

Kathiuscia permaneció como estaba.

Señor Hamilton, por favor', insistió Jennifer.

Antonia, con fuego en la cara, pensó en los mil peligros a los que se había enfrentado en el pasado; la timidez en aquella coyuntura parecía absurda. Le quitó la camisa y puso los dedos sobre su vientre, acariciándolo; la mesa tapaba la vista de los demás. De nuevo el contacto con aquel tónico abdomen le produjo un arrebato de deseo, se vio obligada a apretar las piernas para contener la inesperada tormenta de sentidos. ¿Qué le estaba ocurriendo? Rechazó cualquier noción al respecto, pero estaba fuera de su control.

Unos segundos después, su amiga volvió a la normalidad.

Kathiuscia respiró hondo y empezó a moverse de nuevo. Movió los dedos, palpó su brazo y su hombro, giró la cabeza un par de veces. Luego buscó el arma con la mirada y extendió una mano hacia Hamilton.

"Recogeré el arma y la enfundaré, ¿de acuerdo?".

Él la miró con severidad, sin responder.

"Me he pasado, lo reconozco", dijo el agente, con el rostro desencajado.

"De acuerdo", concedió sin cambiar de expresión.

"¿Me permite?", señaló la pistola.

Adrian asintió.

Kathiuscia se levantó, cogió la Glock y la volvió a enfundar, dándole la espalda a la mesa. Roja como una puesta de sol, volvió a su asiento.

Se ajustó la camisa.

"Señor Hamilton, mis disculpas de nuevo", reiteró Kathiuscia.

"Aceptadas".

"Lo que me ha pasado... ¿depende de tus poderes?".

"No tengo poderes. ¿Recuerdas lo que dijiste antes?"

La joven asintió.

"¿Cómo es posible?"

"¿Cómo?"

"Lo paranormal no existe".

"Cierto."

"¿Qué me ha pasado?"

"No soy médico", extendió los brazos. "Pero siempre puedes preguntarle a Matthaeus".

Kathiuscia cogió la maqueta de avión, la examinó y le dio golpecitos en varios sitios.

"¿Cómo pudo volar?"

"Se dio cuenta de que tenía alas. Cada uno de nosotros es capaz de elevarse, cuando puede apreciar su propia singularidad".

Antonia inhaló, el tono de Adrian sonaba más tranquilo. Ella, en cambio, seguía sintiéndose desconcertada, resentida consigo misma por aquella niebla de pasión que nublaba su mente y agitaba su cuerpo. Una sensación que no había sentido en años. ¿Sería posible que no pudiera deshacerse de ella? Intentó distraerse pensando en las víctimas de Lucifer, en lo mucho que habían sufrido.

Ezra, de expresión marmórea, sirvió las ensaladas de frutas con zumo de naranja de California.

"¿Puedes explicarlo, por favor?", insistió Kathiuscia.

"Ella misma formula las respuestas, convencida de lo que piensa. No abre su mente a otros horizontes".

Jennifer se aclaró la garganta antes de volverse hacia su hija.

"Lo has visto y experimentado por ti misma. ¿Me crees ahora?".

Kathiuscia, con expresión desconcertada, dirigió una mirada a su amiga.

"¿Por qué crees", le preguntó Antonia, "que Manoor lo buscó?".

"La desesperación le lleva a uno a aferrarse a cualquier rama".

"Como dijo Adrián, tú ya posees las respuestas".

Kathiuscia permaneció en silencio, absorta, con los párpados entornados. Luego se volvió hacia Hamilton.

"¿Puedo preguntarle por qué habla de igual a igual con el Presidente?".

"Hubo un tiempo en que fuimos amigos".

La joven permaneció con la mirada fija antes de asentir con la cabeza.

"¿Puedo, sin que se enfade, hacerle una pregunta sobre Picasso?".

Se hizo el silencio.

Antonia vio cómo el rostro de Adrian se endurecía hasta convertirse en una máscara de piedra, Jennifer inmóvil con la boca abierta. Ezra, que se dirigía a la cocina, se congeló y dio media vuelta, apoyando la espalda contra la pared junto a la anfitriona.

"Kathiuscia", la llamó Hamilton por su nombre por primera vez, "demuestra usted mucho valor después de lo que le acaba de ocurrir. Después de todo, se enfrentó sola a tres terroristas invasores. ¿Cómo sobrevivió?"

"Entré disparando sin dudarlo. Eso es lo importante, permanecer lúcido y tranquilo sin vacilar ni una fracción de segundo. En la confusión abatí a dos de ellos antes de que el tercero dirigiera su arma hacia mí. Me tiré al suelo evitando la descarga y le di, pero algunas balas rebotadas me alcanzaron".

"Notable".

"Debería haber actuado de otra manera, un disparo a cada uno en lugar de dos; perdí demasiado tiempo, fui un tonto".

"Tienes mi admiración y estima por lo que hiciste. Responderé a su pregunta por esa razón, con la condición de que se deje de hablar de ello. He venido a cenar, no a que me interroguen".

Kathiuscia reflexionó: "De acuerdo".

"¿Qué quiere saber?"

"¿Le gustan los cuadros de Picasso?"

"Sí."

"En su casa de Washington tenía treinta y dos reproducciones de sus obras, incluido el Guernica".

Asintió con la cabeza.

"En el extremo derecho del Guernica hay una figura con los brazos y la cabeza girados hacia arriba y las rodillas dobladas".

Hamilton volvió a asentir.

"La cuarta víctima de Lucifer fue encontrada en la misma posición. Las muñecas y los dedos serrados y vueltos a montar como en la figura, la cara...".

"Soy consciente de ello", la interrumpió.

"Bien. Pero en la reproducción de su casa había algo diferente del cuadro original; a la cabeza de la figura le faltaba una oreja, se la habían borrado. Y esta oreja, la izquierda, también se la habían quitado a la víctima. ¿Le parece una coincidencia?".

"No."

"¿Notaste este detalle faltante?"

"Las reproducciones que compro son perfectas. La oreja fue manipulada después. Probablemente habría revisado el cuadro si se hubiera revelado la imagen de la víctima. Mi abogado lo explicó en el juicio".

"El caso pasó al FBI después del segundo asesinato. Bridgestone, con razón, cerró la investigación prohibiendo la divulgación de detalles. Afirma que los retoques forman parte de la conspiración de la que ella sería víctima. Pero, ¿quién podría haber entrado en la casa donde vivía con Isabella, vigilada día y noche por guardaespaldas?".

"Si poseyera la respuesta, sabría quién urdió este alucinante plan. Sólo recibimos a familiares y amigos, todas personas por encima de toda sospecha."

"¿El personal de servicio y los guardias?"

"El borrado lo hizo una mano experta, capaz de mezclarlo con el resto. Dudo que alguno de ellos fuera capaz de eso".

"Pero tú habrías sido capaz".

"Sí."

"Porque hubo un periodo de su vida en el que copió cuadros famosos a la perfección".

"Verá, lo que falta en sus metodologías de investigación es profundidad de pensamiento. Procedes con anteojeras de manera infantil, sin comprender las situaciones. Jamás habría alterado un cuadro, habría sido un sacrilegio a pesar de tratarse de una reproducción. Además, el Guernica es un manifiesto contra la violencia y la inhumanidad, contra el horror sin sentido de la guerra. ¿Cómo pensar que un sádico asesino exaltaría una representación que condena su propia naturaleza? Detalles, Kathiuscia. Los detalles revelan muchas cosas. Creo que el autor de los asesinatos es diferente de la persona que eligió las representaciones."

"¿Significado?"

"El grito de Munch expresa sufrimiento. La figura de Picasso dolor. Alguien encargó los asesinatos para culparme a mí. El cerebro que los organizó es una persona que experimentó un profundo sufrimiento, el autor material un sádico desalmado."

"Así que, según ella, al menos tres sujetos diferentes", observó Kathiuscia.

"Imagino que utilizaron a varios hombres para una operación de esta magnitud".

"La Navaja de Occam nos proporciona una explicación más sencilla".

Hamilton asintió.

"Ese Lucifer sería yo. Pero no lo es, y puedo asegurarte una cosa: si no me matan antes, clavaré a todos los culpables de la muerte de Isabella."

"Si temieras que te mataran, usarías guardaespaldas".

"Mejor aún, podría desaparecer, construir una vida en otro lugar, donde nadie pudiera seguirme la pista. Poseo medios y respaldo en abundancia para llevarlo a cabo cómodamente."

"Pero no los tienes."

"Porque soy Lucifer, lo digo por ti. Con esto concluye el discurso".

"Una última cosa", insistió Kathiuscia. "Si no eres Lucifer, ¿por qué no usas guardaespaldas o incluso vas por ahí armado?".

Hamilton alzó los hombros.

"Me quieren en la cárcel, no bajo tierra".

"Ella tiene una respuesta para todo".

"Kathiuscia, sigue adelante y cree que yo soy el asesino en serie. Sin embargo, ya te he aclarado lo de Picasso. Ahora, por favor, hablemos de otra cosa".

Poco a poco empezaron a hablar de temas cada vez menos desafiantes; el ambiente se calmó y la conversación se volvió tranquila. Disfrutando de langostinos y langosta, bebieron más Chardonnay. Los dos agentes no estaban de servicio, por lo que no estaban sujetos a las restricciones del alcohol.

Jennifer cotilleó sobre la fiesta de cumpleaños que su amiga había organizado para su maltés. Había regalado a la perrita un vestido de diseño, y a su dueña un collar de rubíes que resaltaba bien sobre el blanco pelaje.

Kathiuscia habló con cariño de su padre, de los libros publicados, del thriller en curso. Hizo una pausa, mirando a Hamilton, sobre la necesidad de un trasplante de hígado.

Antonia contó lo que le había ocurrido a su madre, su propio dolor, el profundo vínculo que las unía.

Adrián contó su vida en la cárcel, once meses de indecible sufrimiento. Para mantener la mente ocupada iba al gimnasio y leía. Un día, dos reclusos le propinaron una paliza porque sentían repugnancia por lo que había hecho a su mujer y a otras chicas. Sin la intervención de otros reclusos encabezados por Abigaíl Telles, un mexicano primo de uno de sus pacientes, habría sido su fin.

"Contra dos contrincantes es duro", comenta Antonia en tono comprensivo.

"Con uno hubiera bastado, parecían animales feroces. Yo estoy en forma, pero la última vez que me metí en una pelea a puñetazos tenía dieciséis años, interviniendo para defender a un compañero que era agredido por el color de su piel. Eran tres, fue una pelea dura".

"¿Cómo acabó?", preguntó Antonia.

"Yo salí golpeado, pero ellos también. Paramos cuando se dieron cuenta de que mi amigo se había ido".

"No sirvió de nada".

"Al día siguiente se disculpó, estaba asustado".

Kathiuscia intervino.

"Así que te las arreglaste contra tres oponentes".

"Tipos como yo".

"En la cárcel sólo la atacaron dos".

"En la escuela defendí a un camarada, me apoyaba en la idea de luchar por algo que creía justo. En la cárcel sólo podía proteger mi vida, mientras Isabella ya no estaba".

"Pareces fuerte y musculoso. ¿Intentaste defenderte?"

"Me pillaron desprevenido, postrado por el dolor y distraído por mis pensamientos. En los días siguientes Abigaíl comenzó a entrenarme en el gimnasio, enseñándome a luchar y ofreciéndome ejercicios para fortalecer mis músculos, invitándome a continuarlos en la celda. Así fortalecí mi físico y aumenté mi fuerza y resistencia".

"Es extraño este entrenamiento".

"Abigaíl es un maestro de Kung Do Lama".

"¿Qué significa?"

"Un arte marcial nacido en Tijuana".

Kathiuscia no preguntó más, pero su expresión parecía poco convencida.

"Eres un tipo que no olvida a sus amigos", Antonia le dirigió una dulce mirada. "Insististe en que Manoor le indultara".

"Después de que le absolvieran, le conseguí de todo en la cárcel, pero nada puede compensar la libertad. No sé si puedo ayudar a Manoor, pero era lo menos que podía pedirle después de su comportamiento cuando..." apretó las mandíbulas sin terminar la frase. La cena terminó con unos postres que Adrián calificó de exquisitos, y un brindis. Ezra sirvió champán de la botella forrada de oro.

"Mi ex marido está loco por el Armand De Brignac Gold", sonrió.

Antonia vio que su amiga se ponía rígida. Kathiuscia le había hablado de aquellas botellas de dos mil dólares cada una, recubiertas de oro y empaquetadas en una caja negra con el inconfundible as de picas en oro encima, y del morboso deseo de su padre por aquel manjar. Kathiuscia le había confesado que estaba reuniendo el dinero para regalarle uno por su cumpleaños, al mes siguiente. El gasto parecía una locura, pero para su padre podía ser su última fiesta, y ella quería cumplir su deseo a toda costa. Antonia había sugerido comprar una botella más barata de la misma marca, pero su amiga sólo quería la parte de arriba para ese regalo.

En la fiesta de despedida, Adrián llamó aparte a Antonia.

"Tenemos que hablar. ¿Quieres venir a mi casa?".

La proximidad física le aceleró el pulso y la respiración, se coloreó la cara, llamándose a sí misma tonta de instituto. Las palabras de su amiga volvieron a ella. Ella te envió las flores de la novia. Esta noche te engañará, proponiéndote una cita. Tiene un plan para matarte.

"Reúnete conmigo en un club", vaciló con su voz. Él la miró a los ojos.

"¿Crees que me permitiría hacer algo malo?".

La joven se sonrojó, sorprendida por la incómoda situación. Estaba claro que la había invitado a su casa para garantizar la discreción en caso de cualquier experimento. Pero, ¿y si la hipótesis de Kathiuscia era cierta? ¿Y si Lucifer la estaba haciendo caer en una trampa mortal? Antonia, al observar el repentino cambio de actitud de su amiga, se preocupó. Contra aquellas habilidades, ella no tendría ninguna oportunidad. Sin embargo, decidió correr el riesgo. La prioridad era ayudar a su madre, fuera cual fuera el peligro.

"Sé dónde vives. Me reuniré contigo dentro de un rato".

Un salto en la oscuridad

Hamilton dio las gracias a Jennifer por la cena y saludó cordialmente a todos antes de abandonar la villa.

Los dos agentes llegaron al Volvo, aparcaron frente a la entrada y se encontraron con un paisaje que parecía ocultar misterios detrás de cada hoja y enredadera. Al otro lado de la calle, más allá de la zona vallada, se vislumbraban árboles de espeso follaje y enredaderas verdes que bajaban por este lado de la malla metálica.

Antonia informó a su amiga de su cita con Hamilton, mientras en el aire flotaba una creciente sensación de tensión.

"¿Qué?"

"Me ha invitado a charlar".

"Mierda, Antonia. ¿Qué te pasa?"

"Bueno", trató de restarle importancia, "por fin estoy saliendo con un hombre. No babea detrás de mí como Martínez, pero así es de mejor gusto. ¿Puedes llevarme?"

"Te impediré cometer esta locura", respondió en tono serio.

"Llamaré a un taxi".

Violeta en la cara, Kathiuscia desbloqueó las puertas.

Abrochándose el cinturón, se pusieron en marcha.

"¿Por qué vas?"

"Quiero conocerle mejor. Es una persona interesante".

"Estás loca, él te envió las calas. Aunque posea poderes, eso no cambia su naturaleza de asesino despiadado, de hecho, lo hace más peligroso. No podrás defenderte".

"¿Me matará en su piso?"

"Ya conoces su modus operandi; te sacará a rastras y no dejará rastro".

"No podría justificarlo".

"Creará una coartada sin dejar pruebas; es un demonio".

"¿Qué crees, que guarda la marca de la serpiente en su mesilla de noche?".

"Esconder las herramientas en algún sitio es lo mínimo para alguien como él. Con los medios de que dispone, puede utilizar secuaces que se encarguen de la bolsa y de lo demás". Eso supone Tipper, Hamilton ha reclutado esbirros para tareas de apoyo".

"Kathiuscia, yo miro a un hombre a los ojos, le observo, hablo con él y puedo leerle por dentro", se dijo más a sí misma que a su amiga. "Incluso antes de conocerle ya apoyaba su inocencia, ahora estoy segura de ello".

"Hamilton posee un encanto extraordinario, te has dejado embelesar. He visto que te ha tocado la mano y no se la has quitado".

"Conseguí lo que pedí".

"Eres una tonta. ¿Crees que te escuchó por una caricia? ¿Es tan difícil entender que quiere masacrar al perfilador que dibujó el boceto equivocado? A Hamilton le encanta ser el centro de atención, demostrar su superioridad; no tolera que nadie intente arrebatarle el mérito de sus obras maestras."

"Tienes prejuicios".

"Yo evalúo hechos, no opiniones. Y, como has visto, todas mis predicciones han resultado correctas".

"Si piensas así, ¿por qué le contaste la enfermedad de tu padre?".

El semáforo se puso en rojo; Kathiuscia se detuvo detrás de una camioneta Toyota.

Los letreros amarillos y bermellones de los clubes palpitaban con luces, inundando a los transeúntes con reflejos de colores. De algún sitio salía música de jazz; Antonia reconoció las notas de Miles Davis.

"La esperanza", temblaba la voz de Kathiuscia, "suaviza el dolor. Mi padre morirá, los hígados compatibles son raros, y treinta y siete personas que necesitan la misma mecanografía de órganos están en lista de espera antes que él."

"Si Hamilton curara a tu padre, ¿pasarías por alto los asesinatos?".

La mirada de Kathiuscia se tornó sombría. La camioneta giró a la derecha, ella siguió recto.

"Renunciaría al equipo. Los demás lo atraparían".

"Tu madre gastó sesenta mil dólares en un dolor de cabeza. Curar el hígado podría costar un millón o más, ¿cómo podrías pagar eso?".

Dio una palmada en el volante, el coche patinó.

"Basta de suposiciones locas. Hamilton usa sus poderes para masacrar mujeres pobres y escapar del castigo. Es un demonio, lo mandaré de vuelta al infierno".

Preguntó Antonia bajando unas cuadras primero.

"¿Por qué?"

"Necesito caminar", mintió.

Despidiéndose de su amiga, telefoneó a su hermano contándole todo.

"Sí", le confirmó. "Yo también creo que Hamilton posee esos poderes. Y es prodigioso que sus destellos hayan vuelto, incluso consecutivamente; una muy buena señal, significa que sus poderes están intactos y que esta situación nos concierne de cerca. ¿Hay alguna posibilidad de que sea Lucifer?".

"Incluso tú, independientemente de la visión, lo habías descartado".

Guardó silencio unos instantes.

"Todavía puedo ir, por si acaso".

"No."

"Si te pasa algo lo mato, haya tenido algo que ver o no".

"Giorgio, lo necesitamos vivo. No importa si muero, tenemos que pensar en mamá".

"¿Qué coño quieres decir con que no importa si mueres? ¿Has estado bebiendo?"

"Sí, vamos. Quería recalcar lo importante que es Hamilton para nosotros; como acabas de observar, mis visiones lo confirman. No estoy en peligro".

Siguieron unos instantes de silencio.

"¿Dices que tenemos esperanzas?"

"En mi opinión, nunca ha perdido sus facultades. El violento dolor por su esposa ha interferido en su capacidad para controlarlas. Tengo que ayudarle a desbloquearlas".

"¿En qué sentido?"

"El sufrimiento por la pérdida le ha hecho encerrarse en sí mismo. Creo que necesita calor humano, una relación que le caliente el corazón. El contacto físico con una mujer que perciba positivamente le ayuda".

"Contacto físico, muy bien. Una relación que le caliente el corazón. No me convence, hermana. ¿Debería aprovecharlo para seducirte?".

Antonia conocía la mentalidad machista y siciliana de su hermano y su actitud protectora hacia él. Había dicho seducirle, pero por supuesto quería decir violarle.

"¿Crees que necesita tomar a una mujer por la fuerza? Es un hombre guapo y encantador, puede tener todas las que quiera. Sólo en sus meses en prisión ha recibido miles de cartas, el número de admiradoras es ilimitado."

"Antonia, te vio, habló contigo y al parecer se creó un feeling entre vosotros. Inmediatamente te invitó a su casa en vez de a un club. Si te desea y te niegas, podría hacer gestos irreflexivos".

"Lucifer no viola a sus víctimas. No te preocupes, como mucho me tortura y me mata", soltó una carcajada. "Pequeñas tonterías", continuó divertido.

"¿Te sientes astuto?".

"Si no puede usar poderes, me cargaré a diez como él".

Oyó reír a su hermano.

"Tienes la cabeza en el culo por una vez que me ganas. La primera de cien, por no decir otra", volvió a reír.

"Da gracias que hoy estaba ocupado, el próximo domingo te daré otra lección".

"Sigue soñando, sigue soñando", dijo alegremente.

Antonia dobló la esquina, pasó por delante del escaparate del Starbucks Coffee situado en la base de un rascacielos, se cruzó con un pequeño grupo de jóvenes bajo una farola gris y consultó la hora. Avanzó a paso ligero, le quedaba tiempo para llamar a su madre.

"¿Vas a casa de Hamilton sola?", el tono transmitía aprensión.

"No te preocupes, no me comerá".

"Tienes el coraje de un león".

"Dijiste que era inocente", le recordó Antonia.

"Mmmhh... Sí, vamos. Estoy convencida de ello".

"Además es un hombre guapo", bromeó la joven.

"¿Te gusta?".

"Mamá, él es Adrian Hamilton, yo soy cualquier desconocida".

"Las chicas como tú no existen, él puede besar donde pongas los pies".

"Vamos, no exageres."

"¿Estoy diciendo algo que no es verdad?"

"Está loco por sus hijos."

"¿Te está cortejando?"

"No."

"¿Es ciego?"

Antonia se rió para sus adentros. En realidad, no se le habían escapado ni las miradas de Adrián ni sus atenciones y amabilidades hacia ella.

"Mamá, él no me interesa".

"Eso no quita que sea estúpido".

"Claro", se rió ella. "¿Qué sentido tenía enviarme las calas? ¿Qué se supone que tengo que hacer con esas cosas amarillas?", contestó alegremente. "¿Tan complicado era pensar en una caja de bombones?", continuó divertido.

"¿Fruta?", arrulló la madre.

"Mira cómo te arresto por blasfemia agravada".

"Cotilleemos un poco. ¿Cómo iba vestido?"

"Nosotras en traje de noche, súper arregladas, todo recogido, él ni siquiera chaqueta. Si lo hubiera sabido", declaró enérgicamente, "me habría puesto unos vaqueros rotos y unas zapatillas del siglo pasado".

"Aún así habrías estado impresionante, mucho más que él".

"¿No es feo?", bromeó Antonia.

"Comparado contigo sí", también se divirtió. "No me parece guapo ni encantador en absoluto, y mucho menos carismático", rió. "Si yo fuera más joven, nunca" continuó el juego "me volvería loca por un hombre así. Definitivamente dejaría pasar la oportunidad".

"A lo mejor es Lucifer de verdad" observó la joven.

"Tonterías. Miras su cara y se te ablanda el alma".

Antonia estaba a punto de llegar a la puerta de Hamilton cuando vio a un par de hombres en actitud sospechosa. Se detuvo para evaluar sus intenciones.

Los dos hombres blancos se acercaron para enfrentarse a ella.

"Danos el dinero y el móvil", le exigió el alto del cuchillo, con la mirada perdida y el rostro demacrado, manteniéndose a un metro de distancia.

La joven saltó como un rayo, golpeándole con una violenta patada en el abdomen mientras sacaba su pistola. Retrocedió unos pasos y apuntó con el arma al otro, de pelo hasta los hombros y larga barba despeinada.

"Un movimiento y estás muerto", amenazó en tono severo.

Los dos levantaron las manos.

Algunos transeúntes se apartaron, acelerando el paso.

Antonia consideró la situación. Por lo que parecía, eran yonquis desesperados. Llamar a la policía habría sido una pérdida de tiempo, con el riesgo de que la velada acabara en humo.

"Suelta la navaja y desaparece antes de que cambie de opinión".

Vio cómo el criminal soltaba el arma y desaparecía con su cómplice.

Sin vacilar, se agachó para recoger la navaja de la acera, la cerró con firmeza y se la metió en el bolsillo de la chaqueta, sabiendo que podía servir de prueba crucial en la investigación.

Paul Piontek

Kathiuscia estaba junto a su coche en un aparcamiento, iluminada por una farola que proyectaba una tenue luz sobre el asfalto circundante. Sentía crecer la inquietud en su interior, pues no podía soportar la idea de dejar a su mejor amiga sola en las garras de un sádico asesino. Éste, aún más peligroso por su habilidad para manipular aquellos misteriosos poderes, parecía haber urdido una ingeniosa trama para hacer caer a Antonia en una trampa sin salida.

Conociendo el temperamento obstinado de Antonia, sabía que no podría disuadirla de ninguna manera. Sin embargo, sintió la imperiosa necesidad de idear un plan para protegerla de un peligro inminente. Aunque confiaba en la capacidad de su amiga para hacer malabarismos en situaciones difíciles, comprendió que un enfrentamiento directo con un despiadado criminal con poderes sobrenaturales estaría muy lejos de los retos a los que se había enfrentado en el pasado.

Además, aunque Antonia no lo había mencionado explícitamente, Kathiuscia había percibido la perturbación en la actitud de su amiga ante la presencia de Hamilton. El cautivador magnetismo de Adrián era innegable, y eso podía poner en peligro las defensas de Antonia, haciéndola más vulnerable de lo que ella hubiera imaginado.

Volvió a llamar a Bridgestone, solicitando el apoyo de un grupo especial para proteger a su colega.

"Lo siento", respondió. "No puedo destinar más recursos. El agente Rossetti está actuando por su cuenta, en contra de las normas más elementales del sentido común."

"Este podría ser el momento de atrapar a Lucifer".

"Tenemos una orden de restricción. Se supone que debo mantener a los oficiales a distancia, sin poder vigilar a Hamilton de ninguna manera. ¿De qué serviría eso?"

Insistió Kathiuscia, pero Bridgestone se mostró inflexible. La joven se dejó ir sobre el respaldo; un agarre de acero le aplastó las tripas.

Bridgestone tenía razón; Hamilton atacaría sin dar a Antonia la oportunidad de pedir ayuda.

Se detuvo un coche de policía. Mostró su placa del FBI. El agente, alto y ancho, le preguntó si necesitaba algo. La joven respondió que todo iba bien, que estaba esperando a alguien.

Kathiuscia se quedó pensativa y tomó una decisión. Piontek siempre había protegido a Antonia. Sólo él podía convencerla de que se alejara de Hamilton.

Cuando llegó la llamada, Paul Piontek estaba viendo un episodio de Casa de papel en Netflix con su mujer. A pesar de que la pantalla mostraba un número desconocido, decidió contestar.

"Soy la agente Kathiuscia Giomber, señor. Perdone que le moleste a estas horas".

Piontek invitó a su mujer a continuar el visionado sin esperarle, diciéndole que se pondría al día más tarde; se trasladó a otra habitación.

El agente volvió a disculparse. Luego le contó la velada y lo que había sucedido.

"Le escuchará", afirmó Kathiuscia en tono suplicante.

"Agente Giomber, agradezco su preocupación. Yo, sin embargo, confío plenamente en Antonia. Creo que no corre peligro".

Piontek impidió que siguiera insistiendo.

En lugar de volver al lado de su esposa, se dirigió al estudio, dejándose caer en el cómodo sillón havana.

Sesenta y seis años, una carrera en el FBI. Tras licenciarse en Derecho en Harvard, había trabajado unos años como abogado, defendiendo también varios casos pro bono. Su suegro trabajaba en el FBI y él, un joven brillante e inquieto, había decidido incorporarse. Había puesto en ello toda su energía.

Muy apegado a su familia, tenía tres hijos y cinco nietos.

El más joven de sus hijos, Luke, había cumplido treinta y dos años el mes anterior. Luke nunca se había adaptado a la vida "normal", prefería ser libre, vivir en el mundo sin ataduras ni limitaciones sociales, sin horarios ni normas que cumplir, sin cuotas que pagar por compras innecesarias. Consideraba errónea la sociedad que creaba distancias entre las personas, formalizando las relaciones y poniendo limitaciones injustificadas a las libertades individuales, reprimiendo la diversidad. Odiaba el racismo, la violencia, el libre comercio de armas, las injusticias sociales y las distorsiones del capitalismo. A veces discutía acaloradamente sobre el comportamiento represivo y vergonzoso de la policía y del propio FBI, citando los constantes abusos de los policías. A menudo culpaba a su padre de su integración en el sistema y de su pertenencia al FBI.

Viajó por Estados Unidos en una minifurgoneta, asistiendo a fiestas en las que fumaba marihuana, conociendo gente y amigos, y haciendo el amor con muchas chicas. Ganaba lo poco que necesitaba trabajando como artista callejero o haciendo trabajos temporales. Llevaba una vida feliz y despreocupada, sin rendirse nunca ante las inevitables y constantes dificultades.

Cariñoso, telefoneaba a menudo y volvía al menos una vez al año para visitar a sus familiares.

Piontek, cuando Luke estaba cerca, pedía días libres. Pasaban todo el tiempo juntos, jugando al ping-pong, al baloncesto, al ajedrez, a los bolos y a cualquier cosa que les pareciera divertida y despreocupada; paseaban por los parques, en plena naturaleza. A Luke le gustaba mucho la pizza. Piontek la preparaba él mismo con masa madre y la aderezaba con unos pocos ingredientes de gran calidad: puré de tomate, mozzarella, orégano y un chorrito de aceite de oliva virgen extra por encima.

Tres años antes, Luke había sufrido un accidente de coche. Ya no podía usar la pierna izquierda; para él la vida había terminado, deseaba morir.

No dijo lo que le había ocurrido, pero ya no recibía llamadas telefónicas.

Dos meses después regresó sin avisar y lo contó todo, mostrando el recibo de un dólar que le entregó la secretaria de Hamilton junto con la recomendación de no difundir el incidente.

Cuando Hamilton fue detenido, Piontek, sin explicar por qué, insistió sin éxito ante el Presidente para que permitiera a Adrian asistir al funeral de su esposa.

Siguió de cerca el juicio y se alegró en secreto cuando el jurado votó la absolución.

Había examinado a fondo los documentos. Las pruebas parecían culpar a Hamilton, pero su corazón y sus instintos le sugerían una conspiración.

Por eso finalmente había puesto a Antonia en el equipo.

A lo largo de muchos años, Piontek había llegado a apreciar muchas veces su habilidad, valentía e independencia de pensamiento.

Confiaba en ella.

Al darle la oportunidad de trabajar en el caso, Antonia podría hacer una evaluación objetiva de Lucifer.

La orden de custodiar a Hamilton también había partido de él.

Piontek, considerándolo inocente, pensó que así obtendría una doble ventaja: demostrar que Adrian no era el asesino y, al mismo tiempo, protegerlo de oscuros enemigos. Bridgestone, en cambio, pensaba que era preferible dejar actuar a Hamilton para inculparle.

Paul Piontek se levantó de la silla con un suspiro y se dirigió hacia la cocina con paso pesado. Sentía el peso de las circunstancias sobre sus hombros, una carga que no podía ignorar.

Cogió una botella de Harp Lager de la nevera y, con gestos precisos, descorchó el tapón metálico. El tranquilizador sonido del gas que escapaba le distrajo de sus pensamientos por un momento mientras vertía lentamente la cerveza ámbar en una copa de cristal.

Observó cómo el líquido fluía en el vaso, admirando el tono dorado que se reflejaba bajo la espuma cremosa. El tentador aroma a malta tostada y miel le hizo cosquillas en la nariz, anticipando el placer del primer sorbo. Se llevó la copa a los labios y saboreó lentamente el líquido amargo y caramelizado, dejando que el complejo sabor bailara en su lengua.

Pero incluso en medio de esta momentánea distracción, el pensamiento de Antonia y su seguridad no le abandonaba. Se preguntó si había tomado la decisión correcta al cuestionar su confianza en Hamilton.

¿Y si se había equivocado?

¿Y si Antonia estaba realmente en peligro?

La preocupación volvió a apoderarse de él mientras seguía reflexionando sobre las posibles consecuencias de sus actos.

Paul se sentó a la mesa de madera, con la mente aún turbada. No podía soportar solo el peso de aquella decisión. Consideró la posibilidad de compartir sus dudas con el presidente, con la esperanza de recibir orientación o consejos que le ayudaran a ver la situación con más claridad.

Epílogo

A medida que la sombra de Lucifer parecía disolverse, un velo de incertidumbre se cernía sobre los protagonistas. Nuevos misterios, intrincados y siniestros, iban surgiendo, arrojando sombras sobre lo que parecían certezas. ¿Quién tenía algo que ocultar?

¿Y qué?

En el susurrante silencio de la noche, las preguntas seguían sin respuesta, mientras la ciudad se aferraba a sus secretos más oscuros. A la espera del próximo libro, las sombras del pasado seguían danzando en el corazón de los protagonistas, listas para salir a la luz a la menor sacudida de sus vidas.

Nota legal

Las opiniones y conceptos presentados en esta publicación reflejan exclusivamente el pensamiento del autor y no deben considerarse representativos de las opiniones del editor. Cualquier parecido con personas, acontecimientos o lugares reales es pura coincidencia y no es intencionado.

EL DOBLE JUEGO - EL PRINCIPIO

MÁSCARAS DE MUERTE, INTRIGA Y SECRETOS TRAS LA APARIENCIA PERFECTA

Copyright ©2024 – Javier Misterio

Todos los derechos reservados

Queda terminantemente prohibida la reproducción, divulgación o difusión de cualquier parte de este contenido, ya sea en formato físico, audio o por medios electrónicos o mecánicos, sin el consentimiento expreso del editor. No obstante, esta restricción no se aplica a los extractos breves utilizados en reseñas o ensayos periodísticos.

Milton Keynes UK
Ingram Content Group UK Ltd.
UKHW021904020524
442050UK00013B/464